找到家的好感觉

〔日〕中村好文 竹原义二 伊礼智　著

曹逸冰 译

南海出版公司

新经典文化股份有限公司
www.readinglife.com
出　品

目录
Contents

序言

二〇一三年十二月七日，鹿儿岛的建筑公司为了让更多的人了解"打造住宅的工作有多美好"，特邀住宅建筑家中村好文、竹原义二与伊礼智举办了一场论坛。本书正是始于这项活动。

三位老师虽然早有私交，却是第一次共聚一堂分享交流。机会难得，会场坐满了来自日本各地的学生与建筑从业者。大家抛出了五花八门的问题：为什么想成为建筑家？少年时代是如何度过的？有什么值得推荐的旅行目的地？……三位建筑家的回答各有千秋。他们都深爱着建筑，都以"住宅建筑"为主战场，抱着直面生活的态度耕耘不懈。通过"设计"这份工作积淀而成的住宅论，与三人各自不同的风格如实地呈现在我们眼前。

本书是对三位建筑家与观众的对话进行记录，并在此基础上充实内容、集结而成。一场论坛并不尽兴——他们相互拜访对方的作品，以聚餐的名义进行了多次对谈，真心实意的观点与温暖而富有韵味的对话都呈现在了书中。大家如果能抱着与建筑家们交杯换盏、谈天说地的感觉阅读本书，那就再好不过了。

人物简介

竹原义二

伊礼智

中村好文

竹原义二

　　建筑家。1948 年生。师从建筑家石井修。1978 年创立"无有建筑工房"。1996 年凭借"鸿巢之家"获村野藤吾奖。2010年以"大阪长屋的再生"获日本建筑学会教育奖。2000 年至2013 年任大阪市立大学大学院教授。2015 年任摄南大学理工学部教授。近年除了设计住宅，也涉猎幼儿园、托儿所、残障者福利设施、老年福利设施等项目。他的理念是以住宅设计为原点，探究"能让人生气勃勃"的居住空间。著有《无有》（学艺出版社）、《竹原义二的住宅建筑》（TOTO 出版）等。

Takehara Yoshiji

出生年份	1948 年
血型	A 型
家乡	德岛县
兴趣	收集帽子

伊礼智

　　建筑家。1959 年生。1982 年毕业于琉球大学理工学部建筑系。1985 年获得东京艺术大学美术学部建筑系硕士学位。在"丸谷博男 +A&A"积累一定经验后，于 1996 年开设"伊礼智设计室"。其作品"九坪之家"(2006)与"街角之家"(2007)获日本环保建筑奖。"i-works 项目"(2013)与"守谷之家"(2014)获日本优良设计大奖。主要著作有《伊礼智的住宅设计法》(新建新闻社)、《伊礼智的住宅设计》(X-Knowledge)、《小而美的家》(X-Knowledge) 等。

Irei Satoshi

出生年份	1959 年
血型	A 型 (RH-)
家乡	冲绳县嘉手纳町 (美军基地隔壁)
兴趣	烹饪、旅行、散步 (吃吃喝喝走走)

中村好文

　　建筑家、家具设计师。1948 年生。1972 年毕业于武藏野美术大学建筑系。在设计事务所工作一段时间后，进入都立品川职业训练所木工科学习家具制作。1981 年创立"旅鼠之家事务所"。1987 年以"三谷先生的家"获第一届吉冈奖。1993年以"一系列住宅作品"获第十八届吉田五十八奖特别奖。自1999 年起担任日本大学生产工学部建筑工学科教授。主要著作有《住宅巡礼》（新潮社）、《意中的建筑 空间品味卷·美学修养卷》（新潮社）、《普通的住宅，普通的别墅》（TOTO 出版）、《走进建筑师的家》（X-Knowledge）等。

Nakamura Yoshifumi

出生年份	1948 年
血型	AB 型
家乡	千叶县九十九里町
兴趣	工作（←大实话）/ 旅行 / 午睡 / 哼歌 / 口哨 / 改歌词

摄影

第一章　小川重雄/《和 Modern vol.6》（新建新闻社）（P11、P21）

　　　　新建筑社摄影部（P12、P16、P19）

　　　　绢卷丰（P15、P24、P26~34、P39、P42、P44）

第二章　迎川利夫（P50、P51）

　　　　上田明（P53、P55）

　　　　黑住直臣（P56 左）

　　　　西川公朗（P56 右、P57、P58~79、P83~85、P87、P89）

第三章　雨宫秀也（P97、P101、P103 二排中、P108~115、P119 下、
　　　　P120、P123 上、P124、P126、P129、P131）

　　　　白谷贤（P107 上排、P105）

对谈采访　金田麦子

　　　　　山本薰

对谈摄影　渡边慎一（P4~6、P137、P143、P145、P159）

第一章

竹原义二的住宅

I／

住宅是街道的宝物

　　建设住宅，其实也是在建设街道。我的老师石井修常把一句话挂在嘴边："建筑家不仅要管好自己正在修建的房屋，还要管好房屋周边的空间，包括整体的景观，否则环境（街道）不会好起来。"院子里的树木、窗户和房屋的外形看似属于房屋的居民，却是街道与社会的一部分。在建造住宅的同时，要思考"如何让街道更美好"，这是我最注重的设计理念之一。然而，许多人往往把所有的心思放在了"造自己的房子"上。他们有没有考虑到街道，有没有履行对街道的责任呢？这一点不好说。我们不妨环视四周，街道的风景就是最好的答案。到处都是冷冰冰的住宅，那拒人于千里之外的模样仿佛在说："别靠近我！"还有很多住宅用自身的形状与设计体现着"只顾自己"这几个字。

　　实不相瞒，我年轻的时候也觉得建筑家只要设计好自己的建筑就行了，不用管外

左）目神山的街景充满了自然元素。走在马路上看不到任何一户人家的房子。
右）石井家的客厅。两根圆木柱子仿佛扎根于大地一般，强有力地支撑起整栋建筑物。

部环境。但石井老师安排我做了许多和庭院有关的工作，让我深刻体会到了住宅与外部、住宅用地与周边环境之间的关系是多么重要。久而久之，我养成了在构思建筑方案时深入思考“如何引进外部（自然）元素”的习惯，这种习惯也自然而然转化成了“解读住宅用地的力量”。没有这种习惯，就没有今天的我。

“目神山的一系列住宅”是石井老师的代表作之一，第一栋拔地而起的“目神山之家 1”（石井修的家）就是我在老师的指导下设计的。这栋住宅位于大阪和神户之间的高岗地区，坐落在青山山坳处海拔两百米的高地。为了贴合地形，房屋建在了自马路朝东下降的陡坡上，因此人站在马路上的时候是看不到这栋房子的。它与自然融为一体，仿佛将自己藏在了山坡的绿意之中。

后来，由老师操刀设计的住宅在目神山上接连建起（最终建成了二十栋），打造出了养眼的街景。每栋房屋的理念各不相同，但“扎根于目神山的风土”是它们的共同点。正因为这一系列住宅完全融入了街道，想在这片土地上生活的人都会下意识地来请老师为他们设计房子。

建筑组成了群体，而群体则提升了整体的环境——能在年轻时切身体验这个过程的奥妙，着实是一桩幸事。

行人可以在路边人家的房檐下躲雨，或是坐在院子里歇个脚。日本的传统居住文化中，有这种接纳街道与人的胸怀。而且我们还会兼顾左邻右舍，在边界附近留出一定的空间。就算要把地皮用到极限，也不让与邻居共享边界的区域太拥挤。设计者充分考虑在用地上建造建筑物的方式，窗户的开法，从院门到房门的通道、玄关与车库的建法，庭院与围墙的位置，以及绿植的栽种等方面。而居住者也会走出院门打扫卫生，捡拾落叶，洒水除尘，为街道的景致尽一份力。这些点滴的积累构筑起了街道与住宅的关系，也让住宅与住宅中的人们牢牢扎根于他们所在的土地上。

我希望自己设计的住宅不仅能让居住者住得舒心，也能为左邻右里与往来的行人带去温暖，因为住宅不仅是居住者的宝物，也是街道的宝物。

绿明之家南侧外观。二楼有一间散脊百
叶门的外室（2011年竣工，宫嶋工务店）。

绿町之家的宅地北侧是一片洋葱田。虽
然是农业用地，但土地用途一旦做出调
整，就有可能被开发为住宅用地。就算
街景与风景发生了变化，也能完美融入
街道——我们想要打造出能耐得住"变
化"的住宅形态。

II / 小房子与留白

在建设住宅的过程中，最有趣的环节，莫过于为户主构思建设方案。

解读住宅用地的氛围（说成"住宅用地拥有的力量"大概也没错），绞尽脑汁思考"住在这里"究竟是怎么回事，连气候、地形、植被等土地固有的要素都要考虑进去，构思出恰到好处的住宅形状。延烧线①、退缩尺度②等方面都要满足建筑法规的要求，同时还要让建筑物往边上靠一靠，想办法留出空白区域……这样左思右想，住宅的轮廓就自然而然浮现在眼前了。

绝大多数户主都想充分利用地皮，建造尽可能大的房子，可他们的预算往往又差那么一点儿。遇到这种情况，我会提议把房子建小一圈。小而紧凑的房子住起来很方便，而且房子小了，地皮就有了留白。留白能为建设方案提供更大的发挥空间，如此一来，许多问题都能迎刃而解。

设计小住宅的时候，我会把每个房间的面积缩小，把若干个四叠半的正方形串联起来。厨房、餐厅、客厅、卧室、儿童房、和室……每个空间都控制在四叠半以下的

---

①发生火灾时火势容易蔓延至邻家的范围，位于该范围内的部分必须具备足够的耐火性能。
②对建筑物高度的限制之一，建筑物的高度必须控制在与前方道路和四周边界线的距离成比例的某个范围内。

在二楼家庭房的一角配置了四叠大的外室。只要把百叶门关上，就能在保证通风的同时，遮挡来自外界的视线。

绿町之家的阁楼靠岛屿般零星分布的地面确保刚度，二楼没有横梁。居住空间由小空间串联和重叠而成。

话，就能配置出一套全长九米左右的正方形建设方案了。

平房是日本自古以来基本的住宅形态。人们通过对小房间的串联，实现了住宅的平面扩张，再通过起衔接作用的套廊与坪庭连通内外空间。引进外部空间能有效提升空间的深度、开放性与可游览性。

到了现代，两层高的小楼成了住宅的主流形式，但空间配置的基本思路并没有变。将小房间错开、重叠，探寻引入外部空间（或外部空间的截面）的方式。零星配置以正方形为基本形态的房间，同时加入在水平面起衔接作用的走廊，以及在垂直面起衔接作用的楼梯，三维立体的住宅就这样成型了。

以此为基础，然后在房间与房间之间创造出让风与光流动、人也能轻快通行的区域（留白），让空间变得张弛有度。无论在住宅的哪个位置，都能与家人轻松交谈，沟通起来毫不费力。即便家庭结构在十年甚至二十年间发生了变化，散布于各处的小机关也能使住宅完美过渡。有节奏感的空间就是这样诞生的。

再狭小的地皮，也要从"在住宅内部创造连通内外的留白"开始。留白能赋予住宅可游览性，在小小的房子里孕育出无限延伸的空间。顺便一提，我稍后将要介绍的

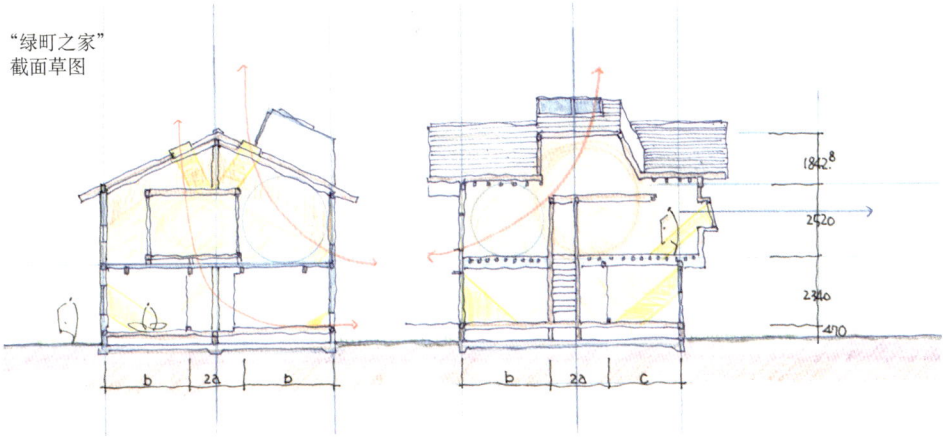

"绿町之家"
截面草图

"101号屋"，就把走廊和楼梯配置在了室外，打造出了内外交错的游览式动线。

小空间，大空间，开放式空间，封闭式空间，靠近天空的空间，贴近地面的空间，充满光亮的空间，被黑暗笼罩的空间，内部空间，外部空间，在这些空间之间摇曳的留白空间……有了各式各样的空间，随时间、季节与家庭的变迁而进化的居住方式便能美梦成真。

下一页有我为"绿町之家"绘制的第一批草图。不知大家能不能看出，我是一边挪动正方形，一边把各个房间包裹在更大的正方形里，以此构筑住宅的形状。

2階 | d 2a d 2085 | 2a | b | b | b a c 1630

0F? | d 2a d 2085 | 2a | b | b | 8190/2 | 8190/2 | 4095 | 4.360

1階. 910 | d 2a a c | 2275 | √2. 斜叠嵌接、穿层柱 | b 3185 | a | b 3185 | 2a 1820 | 1365 | C 2730 | b 2a c | 3185 1820 2730

a: 910
2a: 1820
b: 3185
C: 2730
d: 2275

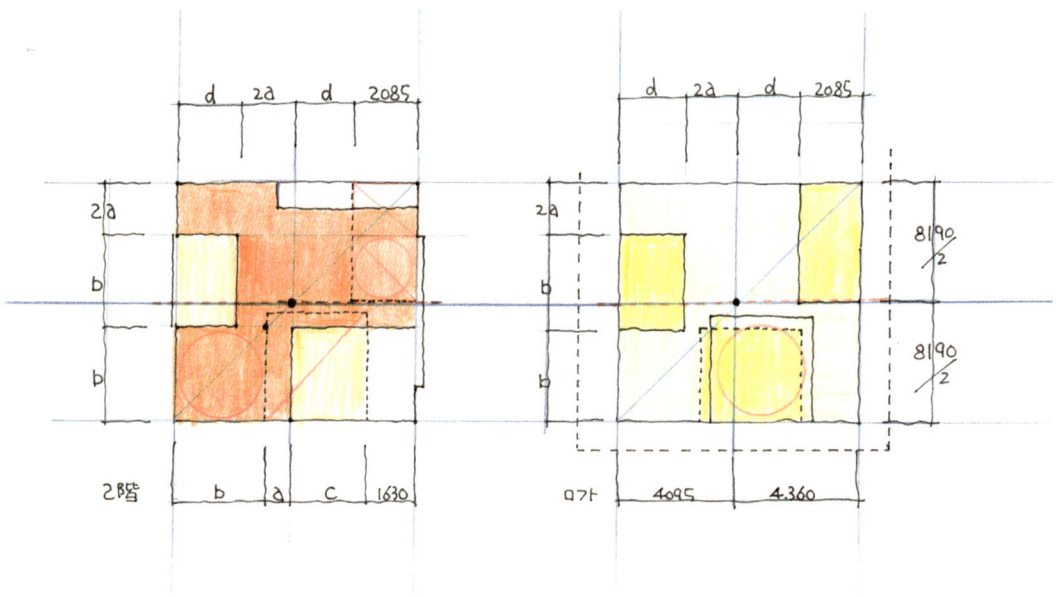

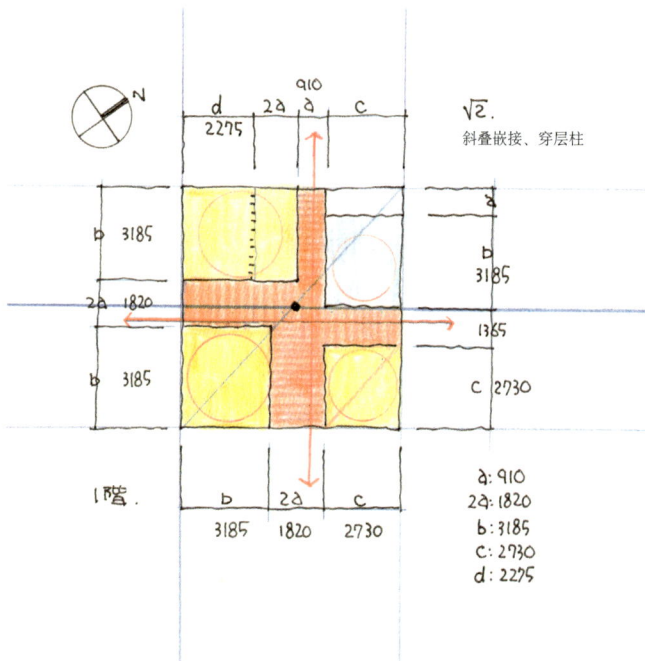

从平面看是按白银比例（$\sqrt{2}$）分配的尺寸组成的边长为8190mm的正方形。一楼分散着四个以顶梁柱为中心的小房间，以柱子为起点的十字形走廊将四个房间串联起来。

来自一楼的光亮勾勒出以穿层柱为中心的十字形，空间的气氛非常梦幻。

小房间皆为四叠半的正方形。各个房间
门口的地板上设有木框，进屋时需要跨
过门槛。小房间以隔扇拉门分隔。通过
开闭隔扇拉门，使空间错落有致。

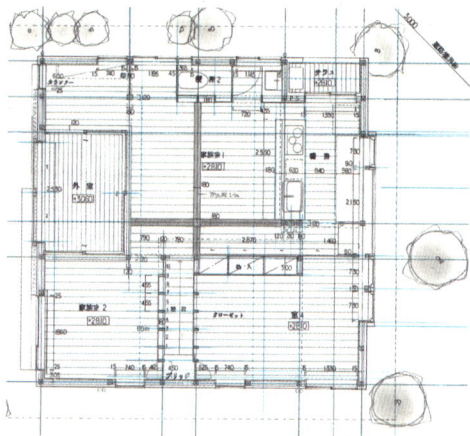

2F

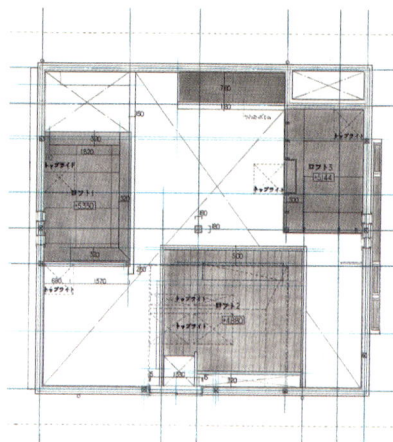

LOFT

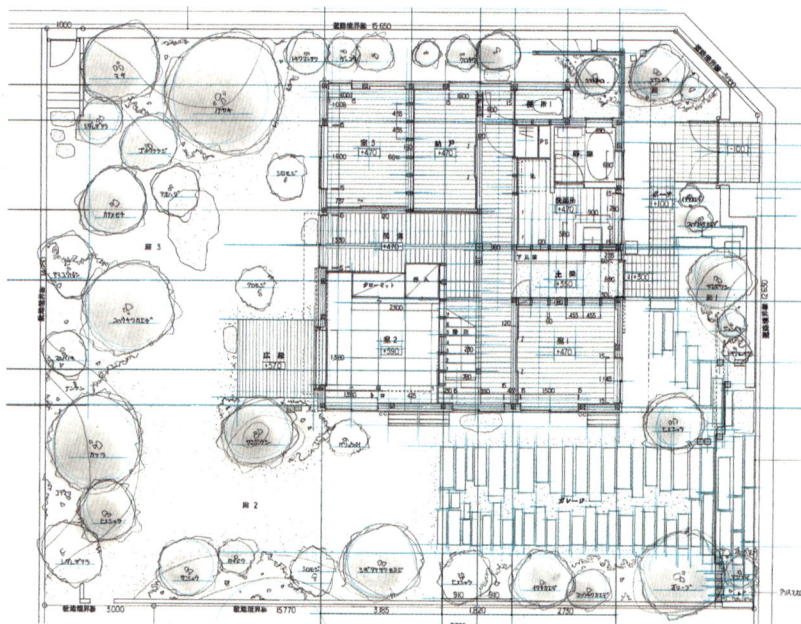

1F 平面图（S＝1:200）

木匠用斜叠嵌接的手法拼接而成的穿层柱直通屋顶。来自屋顶的垂直荷载全靠这一根柱子支撑，没有房梁帮助分担。为了让居住者能够仰视上层的风光，二楼没有铺设连成一片的地板，而是围绕穿层柱铺设了呈十字形的亚克力板。

III／让居住者的心长久保持活力

　　绿町之家的外壁贴了一层北美乔柏，没有刷油漆。木材的颜色会与周围的景色同步变化，逐渐变成银灰色。选择这种材料，是因为我想打造出会"自然老去"的建筑。住宅内部使用的材料有（没打磨过的）北美乔柏、灰泥和纸。我用色彩将它们巧妙地分门别类，再加以整合。把材料拥有的力量变成深度与厚重感，让它们充分发挥自身的特长，我喜欢这样的建筑空间。

　　建筑如同将各种元素重叠组合而成的拼布作品，关键在于把最后的成品塑造成美妙的集合体。搞得太精致难免让人觉得乏味，所以建筑家也需要各显身手，制造一些随意与凌乱，并将其升华到"魅力"的高度。

　　好比穿层柱的斜叠嵌接，就是我常用的一种手法。斜叠嵌接是日本的传统木工技术——在木材的横切面做出 T 字形的榫头，拼起来之后，再往中央打入木栓进行接合。如此一来，就算柱子的某个部分腐烂或损伤了，替换起来也很方便。老祖宗的智慧是基于"让住宅经久耐用"的念头产生的。当然，做斜叠嵌接很费功夫，但为工匠提供了施展技艺的舞台。我希望通过这样的机会，让工匠们大展拳脚，也让居住者体会到他们的心思与气魄，将工匠精神一代代传承下去。

使木结构住宅经久耐用的六项原则

1. 解读随岁月流逝出现的变化
2. 打造空气的流动通道（窗户的开法）
3. 装设房檐
4. 不涂漆（用蜡或其他工具打磨）
5. 选择不怕雨水的材料
6. 不做过多的设计

　　"让结构呈现在空间中"是我的建筑理念，我不太会用高大的墙壁把结构遮起来，因此在设计的时候会考虑到结构部分的搭建方式，思考它们会以怎样的形式呈现在眼前。一个能呈现出所有元素的空间，自然能得到居住者的善待。房梁、柱子等部位的颜色会随着时间的流逝缓缓变化。我坚信一颗懂得品鉴这种变化的心，定能生出"好好打扫、好好保养"的念头。或许做好铺垫，让居住者产生这种意识，也是建筑家的工作之一。

　　我们不能老想着在住宅刚建好的时候就拿满分。要有五年甚至十年的沉淀，房子才能完全融入居住者的生活，融入街道的风景，趋于完美。时间会推动住宅朝满分的方向发展。从一开始就闪闪发亮、天衣无缝的完美住宅，就只有扣分的份了。在我看来，构筑"未完待续"的状态，让居住者的心长久保持活力，为他们创造"爱惜住宅"的乐趣，正是住宅建设的关键所在。

大川之家（2009 年竣工，饭田工务店）的外室柱子也用到了斜叠嵌接的手法。上半截是榉木，下半截是大美木豆。

1

竹原义二自宅

访问101号屋

今天我想请二位来我家做客。我家的用地面积为三十坪①。地面比马路要低一些，面积和城市里的商品房差不多。我想用行动证明"地皮再狭小，也能靠设计的力量造出有趣的房子"，也把这个念头融入了设计中。房龄为十三年，差不多到了该保养修整的时候。房子建好后我就没再动过，多多少少有些老化，还请见谅。

——竹原义二

---

① 1 坪约等于 3.3057 平方米。

House No.101

左）101 号屋主屋的二楼由阔叶树做成的梁柱组成（上方开口处为阁楼）。建筑物内部分布着"既能算作外部，也能算作内部"的通道。

上）从二楼俯视地下层的中庭。中庭起到了衔接不同楼层的作用，为每个房间带来光亮。

主屋一楼的餐厅。将拉门敞开，餐厅就
与中庭和玄关的门厅融为一体，整个空
间都会处于"半户外"的状态。梯子是
通往二楼书房的近路。

连接二楼榻榻米房间与室外的半户外空间（外室）也放置了家具，用法一如室内的房间。这个不完全属于室外，也不完全属于室内的房间，是这栋住宅最具象征性的空间。

利用斜坡打造的地下工作室。可以在这里听听音乐，看看电影。中庭有一条细长的石板路，好似幽静的小巷。发光墙反射的柔光洒向庭院。

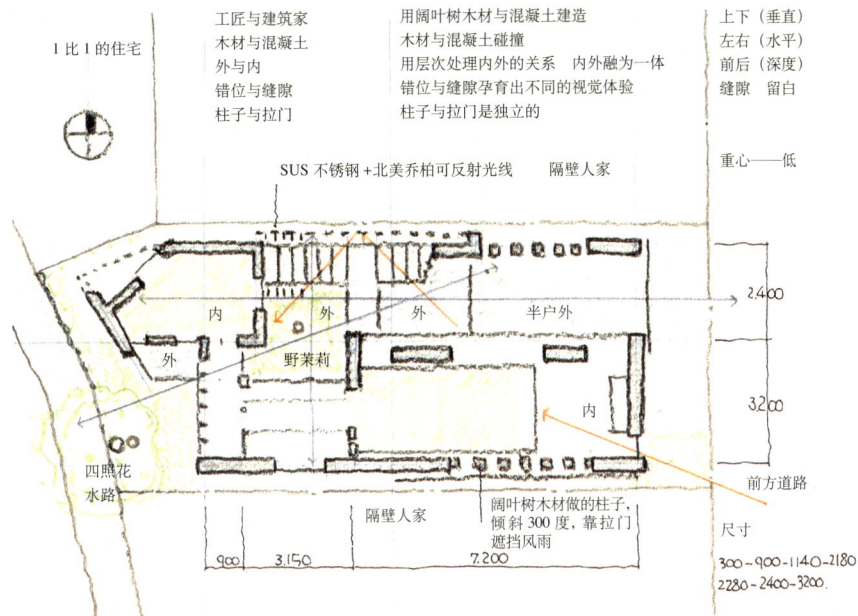

1比1的住宅

工匠与建筑家
木材与混凝土
外与内
错位与缝隙
柱子与拉门

用阔叶树木材与混凝土建造
木材与混凝土碰撞
用层次处理内外的关系　内外融为一体
错位与缝隙孕育出不同的视觉体验
柱子与拉门是独立的

上下（垂直）
左右（水平）
前后（深度）
缝隙　留白

SUS不锈钢＋北美乔柏可反射光线　　隔壁人家

重心——低

内　　外　　外　　半户外

2.400

野莱莉

内

3.200

四照花
水路

隔壁人家

阔叶树木材做的柱子，
倾斜300度，靠拉门
遮挡风雨

前方道路

尺寸

900　3.150

7.200

300～900～1140～2180
2280～2400～3200.

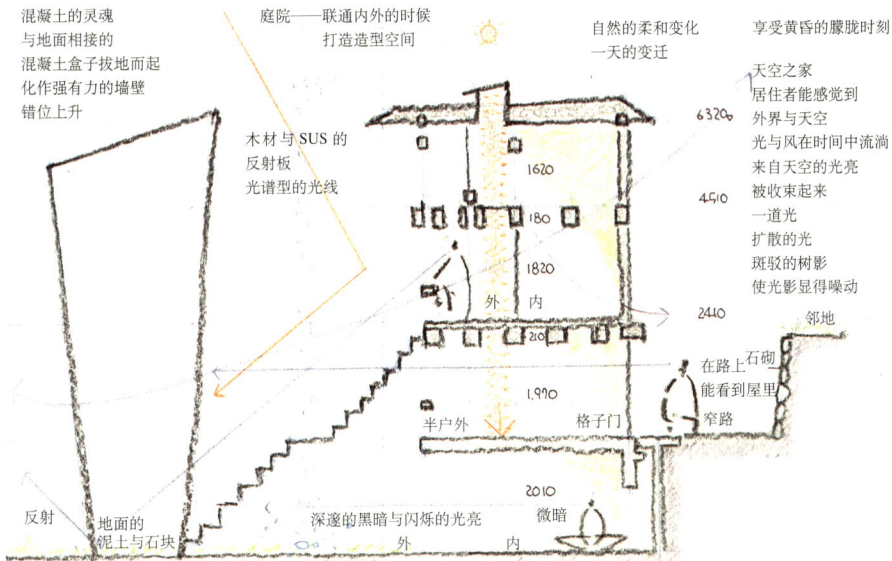

混凝土的灵魂
与地面相接的
混凝土盒子拔地而起
化作强有力的墙壁
错位上升

庭院——联通内外的时候
打造造型空间

自然的柔和变化
一天的变迁

享受黄昏的朦胧时刻

天空之家
居住者能感觉到
外界与天空
光与风在时间中流淌
来自天空的光亮
被收束起来
一道光
扩散的光
斑驳的树影
使光影显得噪动

木材与SUS的
反射板
光谱型的光线

6320

1620

180

4510

外　内

1820

210

2440

邻地

在路上石砌
能看到屋里
窄路

半户外

格子门

1.990

反射

地面的
泥土与石块

深邃的黑暗与闪烁的光亮

微暗

2010

外　　　内

33

可以有更多运用阔叶木材的建筑。

——竹原

阔叶木柱林立的住宅

（看过房屋外观，一行人来到一楼餐厅）

竹原 因为这是我自己家嘛，我可以随心所欲。房屋结构既用到了混凝土，又用到

101 号屋的外观，层高比隔壁低，给人扎根于大地的稳重感，完美融入了周围的街景。

了木材，比例刚好是一比一。我想用个性丰富的阔叶木材去贴合粗糙的混凝土。

中村 总共用了几种木材？好像用了不少东南亚的木材。

竹原 十八种。都是东南亚的阔叶木材。

中村 那是紫檀吗？（指着餐厅的房梁）

竹原 不是，是铁刀木。

中村 很少有人用铁刀木当建材，平时在别处也很少见。

竹原 这边的地板也是（详见第 43 页），是用铁刀木、胡桃木、红酸枝等木材组合出来的，看上去黑乎乎的就是铁刀木。

伊礼 这些木材是从哪儿买的？

竹原 是跟我合作了很久的木材店卖给我的。现在这几种木材都卖得特别贵，可是我买的那会儿，只要稍微有一点点弯，就会被当成次品，卖也卖不出去。木材店的人很头疼，四处物色能把这些木材用好的人。于是我提前买了一些用得上的木材。里头有不少是边角料。

中村 买回来的时候就加工好了吗？

左）阔叶木材很重，四个男人一起发力才抬得动。加工点的木屑满天飞，工作时要戴口罩。
右）用吊车把一根根阔叶木材运进工地。

竹原　不，接口和精加工都是木匠用大刨子和电锯自己弄的，工作量可大了。（笑）

中村　我猜也是。毕竟这些木材都很硬。

竹原　工程是从"给木匠准备一个能加工木材的地方"开始的。木材的种类和尺寸各不相同，我得对照木材的状态，确定它们的排列顺序和朝向，给每一根木材编号，连准备使用木材的位置都要定好，然后在这个基础上把设计重新做一遍。

世界上没有两个一模一样的人，木材也是这样，每一根木头都有独特的个性。这年头，大家都追求"整齐划一"，所以来做客的人看到各式各样、大小不一的木材打造出的和谐景象，都会大吃一惊。

中村　大家都没想到紫檀木、黑檀木和铁刀木也能当建材用。

竹原　一般都是加工成木板用在家具上吧？但我觉得，没加工过的天然木材有一种独特的力量，所以想在使用的时候保留它们的形状，最好是能一眼看出来。木结构的房屋常用杉木、柏木这样的材料，但我认为，

我们可以有更多运用阔叶木材的建筑，否则技术和材料都会失传。

顺便提一下，我家正面的外侧是用混凝土和铁刀木的柱材组成的。刚建成的时候表面还泛着光泽，是厚重的黑色。经过日晒雨淋，现在色泽已经变得愈发沉稳。但是只要刨掉一层，又会变回原样，我准备改天试试看。

中村　一般情况下，大家不会用没加工过的名贵木材造房子，最多只会拿来当壁龛的柱子，或是配置在别的比较关键的位置。可这栋房子居然是用壁龛的柱子搭起来的，（笑）而且看上去很结实，颇有些武家大宅的感觉。

竹原　建筑家藤森照信先生来我家做客的时候惊呼："你疯了啊！用这么多阔叶木材，脑子烧坏了吗？"

中村　啊，他这么坦率？其实我也有同感，只是不好意思说。（笑）

中庭的楼梯将一楼、二楼与地下层连接
起来。混凝土筑成的地下层设有浴室与
盥洗室，不过要去这两个房间，得先从
主屋走到室外。

与邻家的分界之处有一道亚光不锈钢板与北美乔柏板组合而成的发光墙，能将阳光反射到地下层的中庭。下雨时，雨滴落在窗玻璃上，发光墙的表面变得朦朦胧胧。

探险！立体的空间结构

（走中庭的室外楼梯来到二楼）

竹原 室内没有楼梯，二楼和一楼是用中庭的室外楼梯连接起来的。家里人要从一个房间去另一个房间，就得先到中庭来。家里的通道都跟小巷一样。还有野猫误打误撞闯进来。内部与外部刚好各占一半。

住在这样的房子里，对天气和季节的变化都会更敏感。

中村 下雨天待在这栋房子里，感觉一定很不错。

竹原 可不是嘛，尤其是小雨淅淅沥沥的时候，简直太舒服了。坐在餐厅望向中庭，能看见雨滴顺着窗玻璃流下来，用钢板做成的发光墙也变得朦胧。那感觉就像在观赏电影画面一样，时间仿佛都凝固了。

中村 这就叫"自卖自夸"。（笑）

竹原 里面那个梯形的混凝土块有三层，地下层是浴室，一楼是卧室，二楼是女儿的房间。内侧和外侧都没有装修润色，就是裸露着的混凝土。墙上还有很多小洞。（笑）

伊礼 隔热呢……

竹原 我们家没做隔热，所以夏热冬凉，一不小心都搞不清楚自己是在室外还是室内。啊，二位别误会，如果是客户委托我设计房子，我还是会正常做隔热的。

我们家的木工活儿，从浇铸、脱模到抹灰，都是同一批木匠从头负责到底的。木匠可是多面手。只有拉门隔扇是另外请专业的工匠制作的。

负责我家的建筑公司有六位木匠，我家这些东西都是他们亲手弄的。据说在我这边积累了一定的经验之后，公司最年轻的两位木匠就自立门户了，可把我感动坏了。有了这栋房子的经验，接什么样的工程大概都不会慌了。

伊礼 是直营工程[①]呀。

竹原 嗯，否则就不能这么随心所欲了。

伊礼 工程总共花了多少时间？

---

① 指户主不将工程全权委托给建筑公司，而是亲自统筹施工，将各种工作分配给专业工匠完成。

书房

书房

外室　和室

二楼

卧室　　　门厅

厨房　　餐厅

一楼

浴室　盥洗室　中庭

工作室

地下层

平面图（S=1：250）

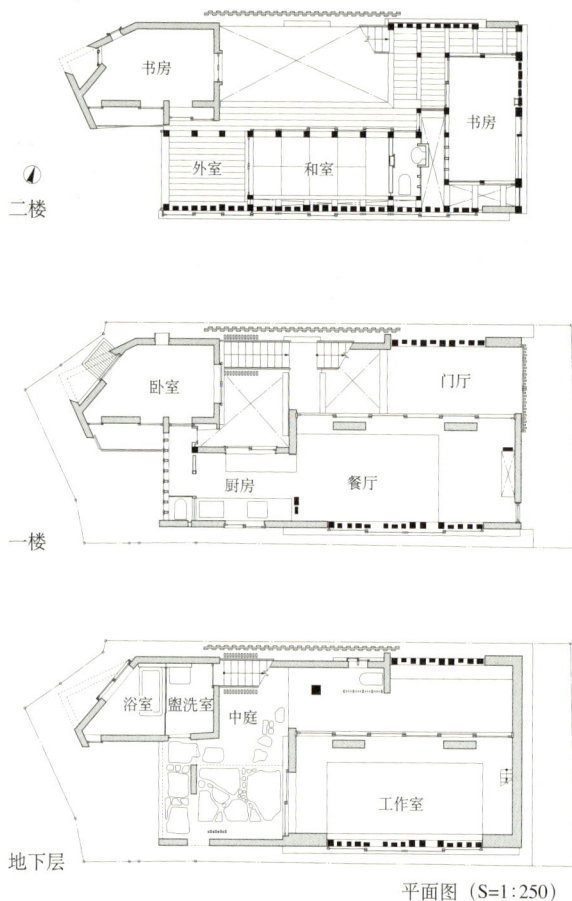

左）混凝土楼的二楼原本是儿童房，现在成了竹原老师的书房。伊礼老师坐在书桌边，眺望不加装饰的混凝土空间。旁边就有与外界相通的小洞。

右）书桌上方有天窗，将视线引向室外。

竹原　工期一共是一年零十个月。费用嘛……我只能跟建筑公司说，费了多少工夫，我就付多少钱。

（来到主屋二楼的榻榻米房间）

竹原　这间铺着榻榻米的房间是我们家的中心。我们平时都是在这儿铺被褥睡的。这个位置采光特别好，而且有三面和外界相连，视野开阔。往地上一躺，有种天空尽在

掌握的感觉。有时候我们还在这儿吃饭。

　　与这个房间相连的凉台虽然位于室外，但我也在那里放了家具，把它当室内空间一样用。它不完全属于室外，也不完全属于室内，也许称得上是这个家的象征。

　　伊礼　中庭、书房和凉台感觉都是连着的，有很多可以坐坐的地方。

　　竹原　我们的确是这里坐坐，那里坐坐。有时也坐在楼梯上看看书什么的，没有死板

的规矩。即便身在家中，外景的颜色与绿意也是若隐若现的，能感觉到空间的延伸，所以我们几乎是看着外面过日子。

　　这栋房子没有外墙。下雨的时候，就靠外围的拉门挡雨，发挥外墙的作用。我在设计建筑的时候有意识地让门和结构保持独立。

上左）榻榻米房间和外室用玻璃门隔开。

上右）伊礼老师站在外室眺望庭中的野茉莉。

下左）连接一楼餐厅与二楼书房的梯子为 40 厘米宽。

下右）连接地下层工作室与一楼的梯子为 38 厘米宽。

（来到一间书房）

竹原　隔壁是我经常使用的书房。

伊礼　（张开双臂）大约一间吧。

竹原　面积相当于两个小间①，可能有点大了。

中村　（走上阁楼）啊，阁楼也挺大的。小朋友一定很喜欢。大人用着也很享受吧。

伊礼　不会摔下来吗？

竹原　不会，习惯了。毕竟这栋房子有很多没地板的地方。

中村　身体的确是会习惯的。

竹原　顺着那个梯子往下走，就是一楼的餐厅，不用通过中庭，是条近道。

伊礼　（看了看梯子）这梯子挺陡的，但的确省了不少路。

竹原　孩子们都习惯了，下楼梯都不用低头，三步两步就冲下去。我却只能背过身，战战兢兢地往下爬。（笑）

①指面积小于四叠半的茶室。

柱子固定在混凝土房梁中预装的螺栓上。用来遮盖螺栓的大号木栓成了衣帽钩。

中村 这可真有意思。（说完开始下楼）光看书上的照片，还真想象不出家里人能走这么可爱的梯子上下楼。

直面寒暑的生活

（一行人在一楼餐厅坐定）

伊礼 那里挂着好多帽子，真有趣。

竹原 我们用螺栓把柱子一一固定在外侧的混凝土房梁上。为了堵住螺栓形成的小洞，我在里面插了木栓，这些木栓就成了衣帽钩。

对了，房子正面的混凝土墙上也有小洞。天冷的时候就用报纸堵上，但洞口正对着马路，所以常有小朋友透过洞口往里看（详见第43页）。

伊礼 能透过洞口看见外面，阳光也能照进来！竹原家真是零隔热、零密封啊。（笑）

竹原 没错，到处都是缝。（笑）把洞里的报纸拿出来，与外面就相通了。二楼的儿童房也有洞，是用毛巾堵着的。

二位觉得冷吗？（缓缓起身）还真有点冷。肯定有哪扇门没关。（爬梯子上了二楼）啊，果然开着！（关上拉门）

（回到餐厅）这里有烧柴火的暖炉，不怕冷，但其他房间没有做隔热，到了冬天还是很冷的。朋友来家里做客的时候连大衣都不脱。（笑）

好厉害啊，能感觉出风的通道在哪里。

——中村

中村　夏天呢？

竹原　因为没有空调，夏天也就这么过了。把能打开的地方都打开，加强通风，再开很多电风扇。夏天有虫子飞进来，所以家里到处都要点蚊香。热嘛，是挺热的，但我习惯了。

我家里人也不太抱怨冷热。冷了就多穿一件衣服，热了就去凉快的地方待着。孩子们也是这样，大家都住得很适应。

咦？怎么还是有点冷啊。看来下面的也没关。（又去地下层关门）

中村　好厉害啊，能感觉出风的通道在哪里。生活在这样的环境里，连动物的本能都会变得敏锐。热了就去凉快的地方睡，把肚子贴在地上。（笑）

42

左）混凝土墙上开着与外界联通的小洞。左邻右舍的孩子们有时会透过小洞窥探屋里。

右）中村老师穿着大衣在餐厅的桌边落座。

一楼的餐厅。门厅与地板间仅有的 0.6 米的高低差构筑起了"结界"。

阔叶木材组成的柱廊后面不是外壁，而是门窗，所以光线能透过整面墙照进屋里。

阔叶木材组成的结构也原封不动地展示出来。

——竹原

仿佛破土而出的建筑

竹原 在我看来，建筑的精髓在于材料的使用方法，以及平面与空间的处理方法。我在构思房间尺寸的时候，经常用 3.2 米这个宽度。这个数字几乎是房间宽度的底线。这栋房子的地皮宽度是 6.8 米，而我将一楼和地下层分割成了 3.2 米宽的内部空间与 2.4 米宽的外部空间（详见第 33 页的草图）。

中村 这个尺寸是怎么来的？

竹原 3.2 米是在四叠半的基础上，加上人的走动与放置物品所需的空间得出的宽度。关西的长屋大多是两间半（4.545 米）宽，有一条直通深处的门厅通道，起到分割内外空间的作用。我借鉴的就是这种手法。我在二楼把 3.2 米又分割了一下，开辟了一条室外走廊，所以内部空间的宽度是 2.28 米。这是比四叠半更小的极限尺寸，参考了古代的茶室。

伊礼 房子有三层果然比较有意思呀。

竹原 虽然这房子一共有三层，但我利用了地皮比马路低一截的地形，所以整栋房子比隔壁的两层小楼还矮呢。

伊礼 梁下大概是 2 米吗？

竹原 1.98 米。把层高压低，是为了控制小房间的体积，让空间更有紧张感，同时也能减少楼梯的级数。只有一楼的入口横框（门槛）抬高了 6 厘米，室内的其他地方都采用了无障碍设计。爬楼梯时也有扶手抓。到处都放着椅子，是为了方便大家在舒服的地方坐下休息。就算坐在地上，也能抓着椅子站起来。为了不让这些小心思显得太做作，我可是动了一番脑筋。

伊礼 您的建筑还是得看实物呀，里头有一种纸面难以呈现的"空间的趣味"，很顽皮。有"材料力"，也有"空间力"……

站起来目测天花板高度的伊礼老师。

混凝土墙壁与阔叶木材做的柱子相映成趣，独具匠心，成了一道靓丽的风景线。

中村 也有一定的财力。（笑）

竹原 哪有。因为我用的石材和木材比较多，搞得大家误以为我家用的都是高级建材。其实不是。我很喜欢去店里看建材，专找那些没人要的卖不出去的材料，构思怎么把它们用好。

假设我们眼前摆着一段有一个大虫洞的木材。一般情况下，大家都会把有虫洞的那块切掉，弃而不用，我反而很看重这样的小瑕疵，还会算好柱子的长度，把虫洞刚好放在视线的高度上。当然，让有虫洞的那一面朝里，把瑕疵藏起来的情况也是有的。我会把材料的尺寸、木材的排列顺序和朝向都定好，设计和施工的工作量自然就大了，但我可不是把高档建材随便拼在一起。我讲究的是"适材适所"，把最合适的材料放在最合适的位置上。

伊礼 照片往往会聚焦材料自身的力量，难免会让人觉得是请能工巧匠对精心挑选的顶级材料进行了加工。

竹原 那我以后得请摄影师也拍一拍背面。（笑）

中村 空间的立体结构，包括建筑使用的材料，都体现出了竹原老师的建筑观，甚至是世界观，非常有趣。它们仿佛在说，"这就是竹原！"光看材料的话，其实这栋房子用的材料还挺零散的吧。但材料和空间结合得非常完美，怎么说呢，有一种远古建筑的氛围，也有一种"建筑破土而出"的感觉。我能清楚地接收到住宅释放出来的这种感觉。这也是此行的一大发现。

竹原 咦，是吗？我们都是老交情了，还能有新发现呀？（笑）我的建筑是跟石井修老师学的，他教给我强有力的绳文式建筑。我总是在搭建骨架的同时，思考要如何建成民宅式的结实建筑，所以我家的架构部分是肉眼看得见的。这应该是我和二位最大的不同点。老师总是教导我"要兼顾细腻和结实"，所以我下意识地把建筑的结构规划得比较粗壮。如果换一位老师教，我做出来的建筑也许就不是这个样子了。

伊礼 不过我觉得您的风格跟石井修老

师的也不太一样，很独特。

中村 空间中洋溢着远古的气息，在这方面还是有共通之处的。

竹原 走进石井老师的作品，下到地下层，往地上一坐，就感觉自己与地面连在了一起。这着实叫人佩服。

伊礼 石井修老师的建筑的确能让人感受到大地与地面。

中村 没错，他让人强烈地感觉到大地与地面。用圆木当独立柱的时候，他特意保留向外扩散的根部。我觉得那也是因为他想让人们充分感知到地面。这是对大地与地面的敬爱之情使然（详见第9页）。

竹原 有一次，石井老师画了一张图给我看，说："这次就把柱子做成这个样子吧。"我一看，图里的柱子就像树根一样，底部朝外散开。后来我拿着这张图去山里挑木材。还记得当时我用铲子挖了半天土，还让木材店的人帮忙用电锯把树根也切下来。那段经历真是太开心了，让我不禁对建筑这项事业充满遐想。

三位建筑家坐在二楼榻榻米房间的横梁上。这栋房子里有许多能坐的地方。

第二章

伊礼智的住宅

I / 来源于"设计标准化"的住宅建设

久米川太阳城的设计工作，成为我致力推进"设计标准化"的契机。我想借此机会，讲一讲因设计标准化而生的住宅建设的可能性。

久米川太阳城是一个由十七栋独门独院的商品房①组成的小区，每一栋住宅都安装了OM太阳能系统（被动式太阳能集热系统）。我在二〇〇一年接下了这个项目。当时我刚自立门户没多久，委托方是相羽建设，他们提出的要求是"建设被自然材料环绕的高品质小区"。

相较于定制型住宅，商品房面向预算比较紧张的人群。要是建筑师按平时的习惯去做设计，住宅的价格肯定会超过消费者的预算，所以"削减成本"成了我们的头等要务。而且我们也没有时间一栋一栋慢慢建，工期要尽可能压缩。于是我提出了在心

①指由卖方指定规格的住宅，房屋与所在的土地配套出售。

久米川太阳城竣工时的街景（2001 年竣工，相羽建设）。

中酝酿已久的"设计标准化"。因为我觉得这样不仅能提高工作速度，还能有效控制成本，一鼓作气设计好十七栋住宅组成的小区。

我们这代建筑师原来都是手绘图纸的。还记得当学徒那会儿，我常常要熬夜绘制大量的图纸，再根据图纸与建筑公司一起询价、比价。要是设计有改动，熬夜重画图纸也是家常便饭。工程进行一段时间之后，也要绞尽脑汁，反复钻研，卡着点在出发前一秒把详细的图纸画出来，拿到工地去。这样的图纸也经常需要根据居住者的要求与所长在工地的判断进行修改。每次接到修改的命令，我都得十万火急地把好容易画好的图重新改一遍。在这种状态下，我曾经为了提高工作效率，想把开口处周围的配置标准化。当时我已经在事务所工作了近十年，积累了一定的经验，而事务所的风格与品味也差不多固定下来了，于是我想归纳出一套"标准配置"来，减少劳力的浪费。

然而，这套标准配置几乎没有派上用场，因为设计讲究的就是如何更巧妙地配置接合处（不同的部位相接触的地方）。如何将窗户与窗户、窗户与家具衔接得更美观，才是设计的精髓所在。只对开口处进行标准化并没有多大的意义。而且当时的主流仍是手绘，标准化的条件尚不成熟。可现在不一样了，现在的设计师都会在以往积累的数据（图纸）的基础上，用 CAD 来绘图。但是在手绘的时代，我们没法将以往的图纸利用起来，必须从零开始，从白纸画起。再加上我们所长是个很有"建筑家风范"的建筑家——他嘴上说要推进标准化，却总是在挑战全新的课题。我当时就想，也许建筑家压根儿不适合搞什么设计标准化。（笑）

正因为有这样的经历，在设计久米川太阳城的时候，我决定把所有房间都标准化。一坪的标准楼梯、一坪的标准浴室、一坪的标准玄关、一坪的标准盥洗室、一叠的标准厕所……将这些元素排列组合，就能迅速构筑出设计方案。我们还请建筑公司设计了一款报价软件。一边做基础设计，一边用软件计算出大致的价格，有个三十分钟就能出结果。设计方案出炉之后，立刻把大致的价格报给购房者，这样购房者应该也比较放心。我想用这套方法加快设计速度，在控制成本的同时保证施工质量。可要是把整栋房子都标准化，那就跟开发商统一建的房子一样整齐划一了，毫无个性可言，所以我们只对住宅的一部分进行了标准化，同时深入了解住宅用地，采纳购房者的要求，在设计层面保留了一定的自由，切实履行设计师的职责。

虽说要控制成本，但我们还是尽可能保证了成品的质量。墙壁上没有贴塑料壁纸，

左）若将客厅安排在二楼，防止冷气外泄的冷气挡板是标配。

右）久米川太阳城的二楼客厅。墙壁以白砂①制成，建筑家也参与了产品的开发工作。

而是刷了一层用火山灰制成的天然灰泥（我也参与了灰泥的开发工作）。这种灰泥可以调节湿度，还有出众的除臭性能。天花板贴的是用冲绳的植物月桃制成的壁纸月桃纸。地板采用了从北欧进口的天然松木。如果预算比较充裕的话，就用国产的无节红松。所有配置包括装修的接合处全都进行了标准化。如果购房者要求把客厅放在二楼，标准楼梯的标配中就会有防止冷气流向一楼的挡板。浴室采用半整体卫浴，可以自由选择材料与窗户的位置。最终，我们成功压缩了百分之二十的成本，但售价（包括土地）还是比周边地区的市场价高出了九百万日元。建筑家在设计的时候稍微讲究一点住宅的舒适性，价格就难以降低。我们起初把销售工作委托给了房产公司，可房产公司表示"这么贵的房子怎么可能卖得出去"，直接推托了。无奈之下，相羽建设只能亲自出马。为了将设计者的心思原原本本地传达给购房者，我们总共举办了五场宣讲会。好在房子的售价虽然比市场价高，但年轻人还是勉强买得起的。功夫不负有心人，整个小区的房子都找到了买主。我们的宣讲会也没有白开，吸引了一批价值观相近的居民。我

①一种特殊的土，由鹿儿岛湾沿岸地区的凝灰岩风化而成，呈灰白色的砂状。

几年后，长高的树木与住宅达成恰到好处的平衡，组成了美丽而丰饶的街景。

还受邀参加了居民们组织的烧烤和短途游，留下了美好的回忆。

久米川太阳城也受到了各路媒体的关注。当年建筑家一般都不会设计商品房，我也算是开创了业界先河。我将这项事业（通过设计标准化建设住宅）命名为"i-works"，与相羽建设继续开展合作。这就是我的"设计标准化"之路的起点。我对"i-works"的定义是"总面积小于三十坪，可供四到五口之家生活，空气、隔热等看不见的部分也有精巧的设计，被自然建材环绕的实惠小屋"。很多年轻人都想请建筑家来设计自己的房子，却因为预算吃紧难以如愿。当年我也还年轻，希望更多的同龄人（四十岁左右）能住上建筑家设计的住宅，想通过这样的活动尽一份力。

久米川太阳城的住宅总面积都是 27 坪左右，四口之家住刚刚好。

左）一坪的楼梯可加装小窗，或是在楼
　梯下方造一间狗屋，玩法多多。
右）一坪的玄关能灵活适应各种住宅模
　块，有效提升方案的设计效率。可根据
　需要安装长椅或扶手等配件。

左）厕所基本为一叠。如果要将厕所安排在盥洗室的同一侧，作为卫浴的一部分，那就要统一装修风格。

右）浴室与盥洗室要配套设计。标准盥洗室和浴室之间的墙壁有一定的厚度，一般会利用这个特性在墙上设置橱柜。

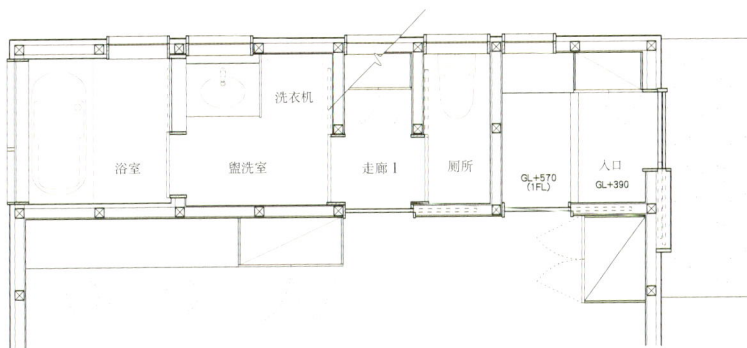

i-works1.0 用水区域平面图（S=1:100）

浴室　盥洗室　洗衣机　走廊 I　厕所　GL+570（1FL）　入口 GL+390

II / 做好万全的准备

东京民宅九坪之家的客厅（2005 年竣工，相羽建设）。

我想再与大家深入探讨一下"设计标准化"。设计标准化是一种尝试，说白了就是将房间（玄关、楼梯、厕所等）的尺寸与规格等方面标准化，再将其与同样完成标准化的细节组合搭配，在保证质量的前提下，为居住者设计并提供价格实惠的住宅。听到"标准化"这几个字，有些人也许会联想到千篇一律、单调乏味的现成商品房，但我们追求的标准化恰恰相反——可以说，它是提升完善程度与平均水准的有效手法。

每次都进行全新的挑战，难免会出差错。如果这个差错比较轻微，还能靠与客户的信赖关系得到谅解。可是在一般情况下，一旦出错，就必须承担起相应的责任。毕竟时代已经变了，建筑家贸然挑战新高度，却造出了漏雨的房子，大家可不会对这种问题一笑了之。甚至可以说，标准化是确保设计品质的方法论。

如果将住宅建设比喻成做菜，那么标准化就是高质量的准备工作。美味的菜肴离不开周全的准备。我曾为一位厨师设计过餐厅，他告诉我，只要准备工作到位了，营业当天就能用最快的速度为顾客提供最新鲜、最美味的菜品。

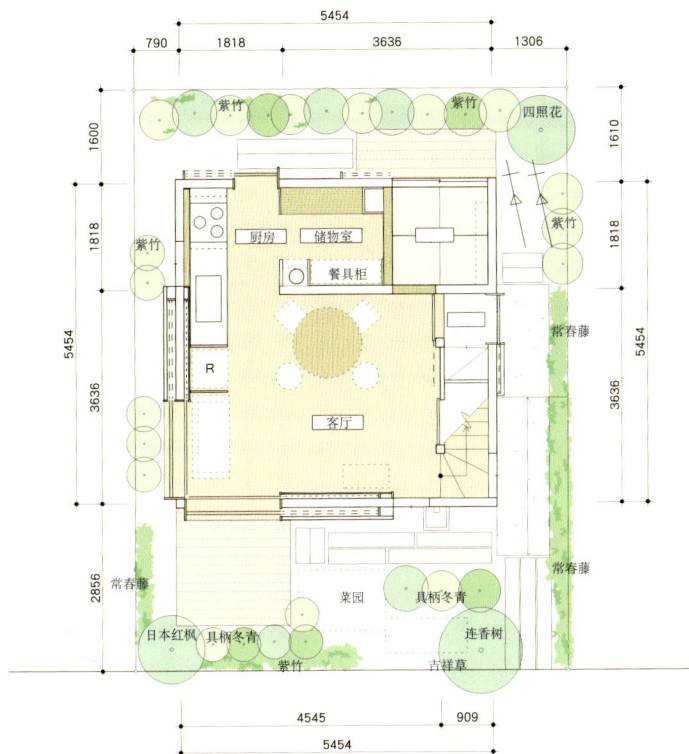

上部平面图标注：

5454

790　1818　3636　1306

1600

紫竹　紫竹　四照花

紫竹

厨房　储物室

餐具柜

1818

5454

3636

R

紫竹

客厅

常春藤

5454

3636

1610

1818

常春藤

2856

常春藤

菜园　具柄冬青

日本红枫　具柄冬青

连香树

紫竹

吉祥草

4545　909

5454

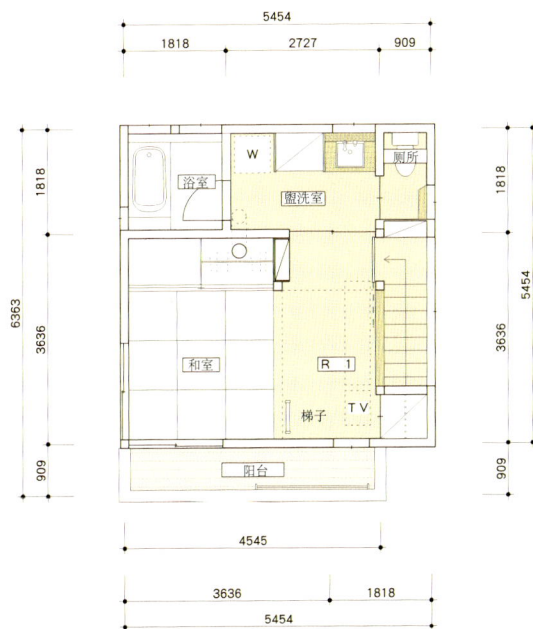

下部平面图标注：

5454

1818　2727　909

1818

浴室　W

盥洗室

厕所

6363

3636

5454

3636

1818

和室

R　1

梯子　TV

909

909

阳台

4545

3636　1818

5454

平面图（S = 1:150）

将一坪的标准浴室、标准楼梯等元素组合起来，搭建舒适的小空间。

要是把住宅建设比喻成打家具，那么准备工作就起到了夹具的作用。夹具是一种工具，能帮助工匠准确制作出家具的配件。只要有了夹具，无论谁动手操作，都能安全准确地制作出必要的配件。我的老师奥村昭雄先生（建筑家，东京艺术大学名誉教授）也设计过家具，他的代表作"鱼饼椅（HANPEN CHAIR）"足有四十个夹具。正因为他准备了一套高质量的夹具，高水平的成品才能源源不断地问世。

同理，我们也可以为住宅构筑一套坚实的基础，比如觉得最和谐的经典配置，或是施工难度不高、用起来也方便的配置。再根据实际情况（比如居住者提出的要求），在每一栋住宅里挑战新的小创意。要是挑战的结果令人满意，就纳入标准化体系，反复打磨，不断改良。我认为这样的过程能使具有自身风格的设计的质量与完善程度得到持续有效的提升。标准化的设计是一种"担保"，也能为建筑家节约大量的时间与能量，帮助他们进行全新的挑战。它不会导致创造性的退化，更不是对个性的忽视。

也许会有人觉得，标准化的工作不就是常规性工作吗？那不就是无聊的重复，谁都能做得了？然而，管理学大师彼得·德鲁克曾说过，"常规性工作是一种体系，它将原本只能由优秀的人完成的工作，改造成了谁都能完成的工作。"这么一想，你就

东京民宅九坪之家仅靠栽种的植物拉开街道与住宅的距离。房子越小，就越需要将"住宅与街道的联系"与"向外延伸的意识"纳入设计之中。

会觉得标准化是一项积极向上的工作。标准化绝不是为了偷懒省事，也不是为了压缩成本。无论和哪家建筑公司合作，无论木匠是谁，即便让没什么经验的年轻员工来负责设计，也能将高水准的成品呈现在居住者面前——这才是标准化的目的。

近年来，我充分运用标准化，设计了大量住宅。其中东京民宅"九坪之家"是一栋为夫妻二人设计的小住宅，占地面积仅九坪。因为预算比较紧张，土地面积也小，我深入解读用地的特征，与居住者反复沟通，用标准化设计完成了整套方案。我并没有在这栋房子里运用新颖的手法，前来采访的媒体却史无前例地多，杂志也对它进行了介绍。甚至可以说，这件作品打响了我在建筑界的知名度。

后来，我又打造出了"守谷之家"。它称得上是设计标准化的巅峰之作。这栋房子的居住者是我的朋友。他是建筑公司的社长，也很懂我的设计。房子建在开发商开发的分售地一角，充分利用了土地的特性，也考虑到了与左邻右舍的协调。它巧妙利用了天然能源，兼具优美的外形。从操刀久米川太阳城那时起，我积累了许多精雕细琢的标准化设计。当然，这些设计也用在了守谷之家上。我通过这个作品确立了富有"伊礼"特色的住宅、氛围与风格。

1F

标准化的集大成之作守谷之家（2010年
竣工，自然与居住研究所）。

2F
平面图
（S = 1 : 200）

守谷之家的客厅窗户开得很大，为了将北
侧散步道的绿意引入房中。开口处的尺寸
为 1.355m×2.658m，全开。

III / 点滴积累的改良，确立了创作风格

　　若想提升某个产品或服务的质量，就需要持续不断地改良。这个道理当然也适用于住宅。梳理出现状的优缺点，迅速改进需要完善的地方，通过这种方式反复打磨每款产品，最终的完善程度才能提升。

　　然而现实是，我们很难在住宅建设中充分采用这套方法论。因为每块土地的条件各不相同，住宅自然要根据不同的条件逐一建设，每一栋都是独一无二的。在这个地方使用的设计方案与配置，到了另一个地方也许就不能直接套用了。就算用地条件完全一样，反复建设相同的住宅也会让建筑家产生抵触情绪。这也许是建筑家的天性使然。但是每一次都从零做起，孕育出全新的事物，真的是建筑家的职责所在吗？大多数客户并不想要如此"特殊"的住宅。让住宅成为自己（客户）心目中最"特别的房子"，才是重中之重。我认为，客户想要的其实是能与设计者产生共鸣、能体现出某种价值

上）i-works 1.0 的室内装潢。家具与楼梯都是原创的（2013 年竣工，柴木材店）。
左）守谷之家的檐高为 2.1 米，楼高 6.588 米。与周边住宅相比，给人小而精致、沉稳低调的印象。

观的住宅。

在我看来，有好口碑的住宅建筑家应该都有自己的标准化设计，只是大家没说出来罢了。我们也可以将之称为"自己的经典设计"。每个人都靠着自己的审美观建设住宅，而这些点滴的积累，就形成了建筑家的创作风格……正因为他们的风格清晰明快，才能得到人们的理解与好评。我致力发展的设计标准化并不是自己的原创，而是在我自作主张地从吉村顺三等大师前辈那里继承过来的东西的基础上（笑），加入了自己的一些改良创新。一切的一切都是为了进行综合质量高（兼具匠心与性能）、准确可靠的住宅建设。

IV / 设计样板房的意义

　　除了普通住宅，建筑公司也经常请我设计样板房、公司的办公楼、社长和员工的住宅。样板房没有具体的居住者，有些建筑家对这类工作敬而远之，但我感到了样板房中蕴含的无限可能。紧贴居住者的需求，用"二人三足"的精神（把建筑公司也算进去，就是"三人四足"？）打造的住宅当然不错，但站在专家立场上设计的"提案型住宅"（而非建立在要求上的"定制型住宅"）应该也是住宅建设的理想状态之一。

　　请我设计样板房的建筑公司，通常都是有意学习我的设计理念的公司。和我并肩工作，能为他们提供很好的学习机会。日本的住宅建设工作多半由本地的建筑公司进行，他们在与我合作的过程中体会到设计的重要性，设计能力得到一定的锻炼；而我从他们那里学到施工的知识与技巧，为构思出更高水平的住宅打下基础。从长远来看，这个互动的过程能使居住者获益，日本的住宅风景也会因之焕然一新。设计者与施工者绝不是相互对立的敌人。双方完全可以通力合作，在彼此信任的基础上相互切磋，为地区的发展作出贡献。样板房体现的正是本地建筑公司努力的目标。对我而言，能在全国各地设计样板房着实是一桩趣事。身为一名建筑家，设计样板房也是我必须严肃对待的重要任务，马虎不得。

在谷口工务店的样板房下田之家中，我们在二楼的客厅配置了一片半户外空间。在街道与住宅之间、室内与户外之间打造出一片精彩纷呈的好空间（2012 年竣工，谷口工务店）。

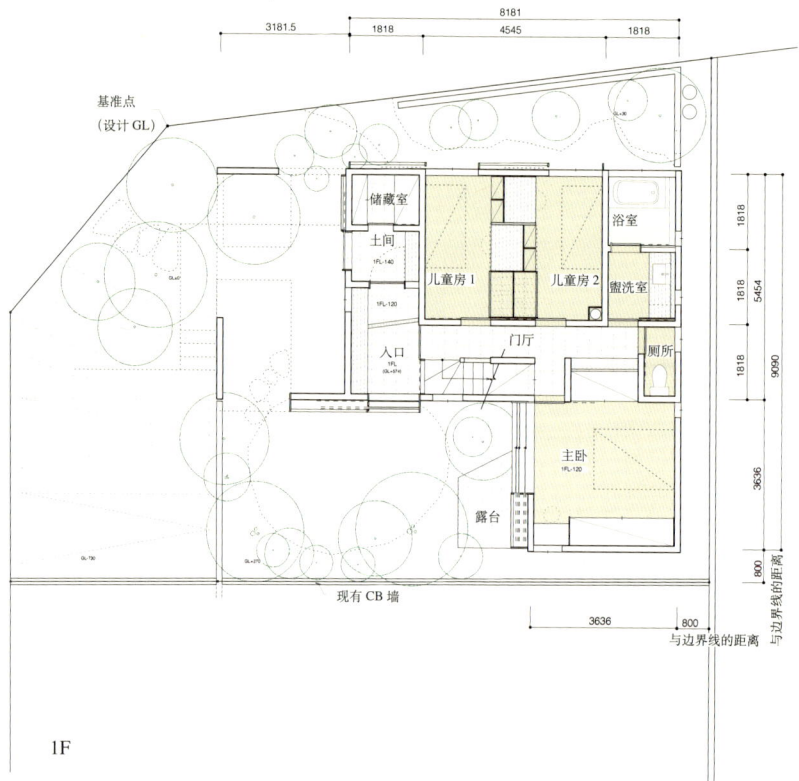

1F

基准点
(设计 GL)

储藏室
土间
1FL-140
1FL-120

儿童房 1
儿童房 2

浴室
盥洗室
厕所

入口
1FL
GL+5H

门厅

主卧
1FL-120

露台

现有 CB 墙

现有 CB 墙

8181
3181.5　1818　4545　1818

1818
1818
1818
5454
9090
3636
800

与边界线的距离
3636　800

与边界线的距离

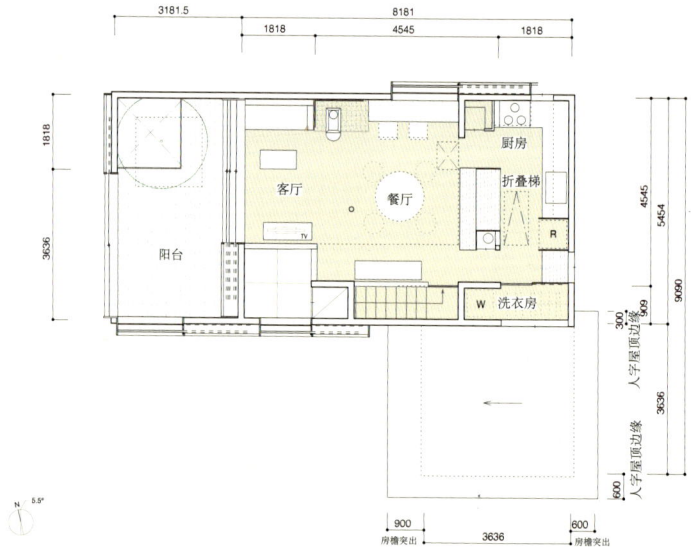

2F

平面图
(S=1:200)

N 5.5°

3181.5　8181
1818　4545　1818

1818
3636

阳台

客厅
TV

餐厅

厨房
折叠梯
R

W 洗衣房

人字屋顶边缘
人字屋顶边缘

4545
909
5454
9090
3636
600
300

房檐突出
900　3636　600
房檐突出

舒适感就萦绕在开口处附近，在来自室外的精彩（光、风、热、声音、香味、美景、沟通……）的最前方。

街道与住宅之间的惬意空间。7米高的
青栅自底层架空处直通屋顶。这是一个
能在日常生活中感受到树木气息的地方。

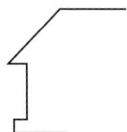

1

建筑公司的提案型住宅

访问京都沙龙

我要带二位参观的是二〇一四年竣工的京都松彦建设样板房"京都沙龙"。善峰川流淌在样板房所在地的西侧，散步道旁种满了樱花树，成为当地人散步的必经之路。河的另一侧是连绵的山峦，视野开阔，风光恬静。我通过住宅的开口处"截取"屋外的景色，并在院中栽种了樱花树。通过巧妙布置的植物，将近景（院子里的樱花树）、中景（散步道的樱花树）与远景（群山）串联起来。

——伊礼智

Kyoto Salon

东侧外观。为了搭配外壁的颜色，把围
墙也刷成了白色。

从院门到正门的通道略长。打开百叶门，走进门廊，再开一扇门才能进入玄关。

通过百叶门，将门廊纳入建筑物内部。

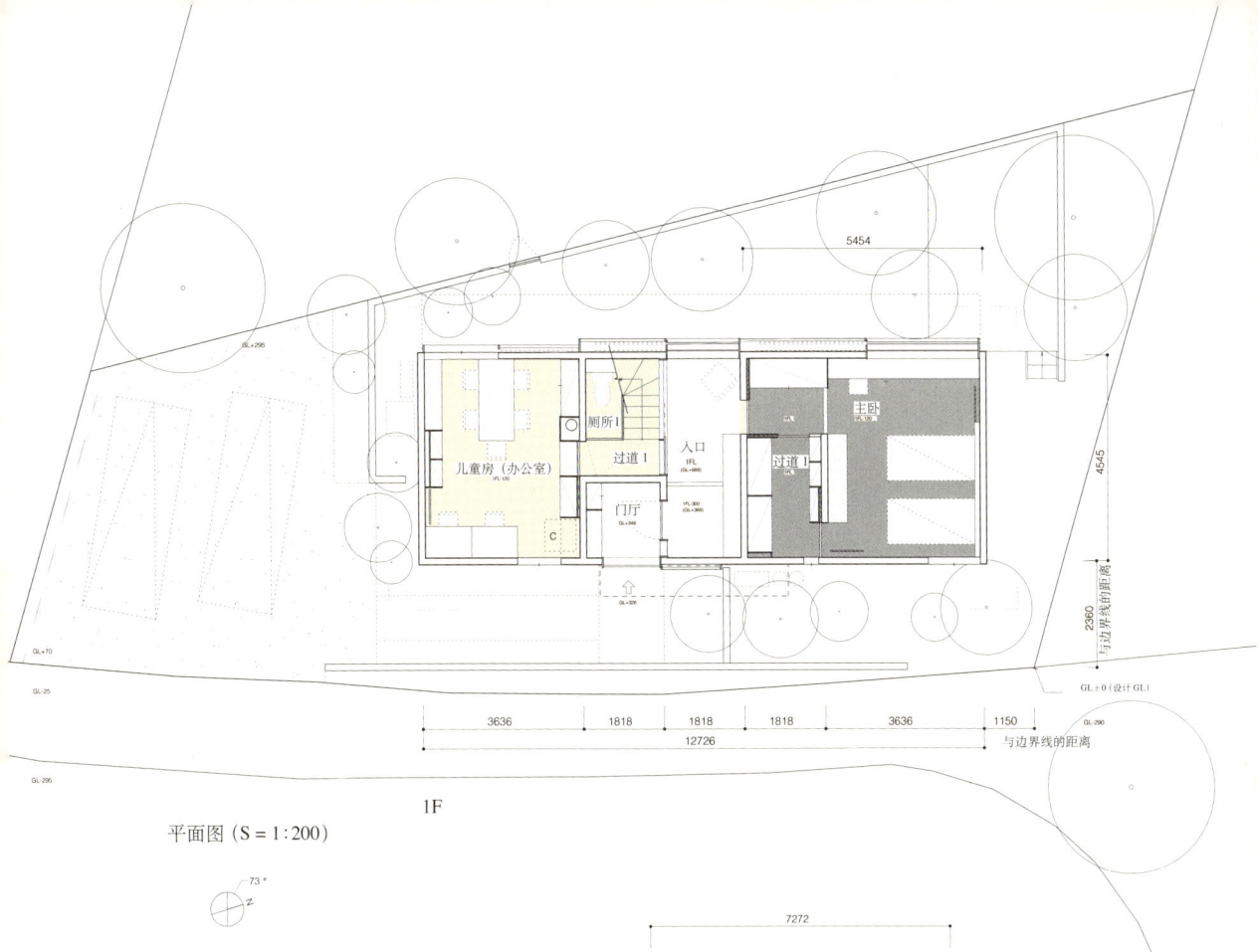

平面图（S = 1 : 200）

1F

2F

左）走进玄关，视线就能穿透与南侧庭
院相连的通道型门厅（表面铺着大谷石），
直通户外。远处的山脊棱线美极了，让
人联想到日本传统商铺的设计。
右）一楼设有用于出租的办公室。

二楼的客厅设计得比较宽，保证了采光与通风。窗口由外到内分别是百叶窗（带纱网）、多层玻璃框架窗、单面贴纸的透光拉窗，是常用的经典配置。内壁与外壁都刷有建筑家参与研发的白砂灰泥。

走进建筑家打造的令人印象深刻的样板房

（三人参观了一圈沙龙，在餐桌边坐定）

中村 那就来三杯生啤吧。

伊礼 这才几点啊，连午饭都没吃呢。

中村 小杯也成啊（笑）……

竹原 建这栋房子的初衷是什么？我看到一楼有出租的办公室，可这房子以后应该不会卖给别人吧？

伊礼 京都沙龙的定位是松彦建设的样板房，但有趣之处在于，它也是致力于用吉野建材建设住宅的本地建筑公司、建材加工厂与本地设计事务所的联络基地。三方齐心协力开展各项业务，连样板房也是共用的，这也算是一种全新的尝试。

一楼的出租办公室是为那些能与松彦建设一同在住宅建设领域奋斗的年轻设计师准备的。这栋样板房在建成的头四个月，就吸引了四百多位业内人士前来参观。

竹原 四百多位，好厉害。

伊礼 主要是设计事务所的人。几乎每周都有事务所派人来，我都担心松彦这边的工作进度会不会受影响。

竹原 设计事务所来的人大多是负责设计住宅的？

伊礼 年轻人比较多吧。松彦建设原本是社长一个人在经营，工作量的波动幅度非常大，他就是为了解决这个问题，才建了这栋样板房。上一代社长是泥瓦匠出身，公司有时候也会把泥瓦这部分的工作和木工活一起接下来。让客户直观地了解公司的施工能力，也是建设样板房的目的之一。

中村　原来是这样，于是在屋里开辟了办公区域，方便和设计事务所合作，是吧？

伊礼　我听说的确有设计事务所在看了这栋样板房之后，下单委托项目，效果貌似还是有的。

竹原　普通人来实地参观一下，也会产生想住这种房子的念头。

伊礼　其实这栋样板房还没有向公众开放呢（截至 2015 年 3 月）。

竹原　哦，这我倒是没想到。

伊礼　这正是京都沙龙的有趣之处。普通的样板房都是主要面向普通消费者的，不怎么欢迎同行来参观。这边正好相反，这样的情况我还是第一次碰到。

中村　这个着眼点相当不错。

竹原　我比较好奇的是……这么说吧，普通人看了这栋样板房，再跟其他样板房一对比，肯定会觉得这栋好多了。于是他们就会请松彦建设来施工，对吧？要是客户说"我就要一栋跟这个一模一样的"，那该怎么办？价格包不包括专利费？（笑）

伊礼　不，不包括。

竹原　一模一样的设计也要收设计费吗？

伊礼　毕竟住宅用地是各不相同的，要完全建成一模一样的恐怕很难。如果真要造一样的……除去外部结构的话，这栋房子的造价大概是四千万日元。面积是三十五坪，所以每坪的价格是一百一十五万（2015 年 3 月的价格）。我们安装了很多实验性的环保设施，再加上装饰建材选择了高档的吉野材，所以价格会偏贵一些。如果换成普通的材料，应该还能更便宜一点。

竹原　这价格不会把人吓跑吧？

伊礼　建筑公司委托我设计样板房的时候，我都跟他们提条件，除非他们让我自由发挥，否则我就不接。这样设计出来的样板房自然要比普通的住宅稍贵一些。作为施工方，建筑公司也想把各种各样的方案呈现在消费者面前，肯定是铆足了劲。有些人来参观后就心服口服了，觉得这房子物有所值，所以只要把价格稍微压下来一点，应该有不少人愿意掏钱。

中村　也是，毕竟用了那么多木材打的拉门隔扇，框架加工起来也很费事。

竹原　窗框用的也是高档货。要是客户要求换成铝的，你换吗？

伊礼　这种事我基本是不会做的。因为开口处是内部与外部的交点，从舒适的角度看，这是最关键的部分。至少主要开口处的配件肯定不能这么改。

竹原　你会去说服客户，告诉他"这么改是不行的，会破坏整体氛围"？

伊礼　嗯，现在高水平的建筑公司都开始这么做了。有些建筑公司的设计水平甚至直逼设计事务所，有些在往这个方向努力，不会任凭客户摆布。对设计事务所而言，这样的建筑公司着实可怕得很。

左）"这窗户摸着真舒服。它好像在对我说，'快来摸我呀。'"（竹原）
右）中村老师翻看房子里的新锐设计事务所作品集。

通过开口将周围悠然的景致引入室内。窗边安装了 0.88 米深的沙发，当沙发床用也不错。

以标准尺寸为起点

竹原 客厅总是放在二楼吗？

伊礼 不一定，要看住宅用地的具体情况。这块地比较小，客厅要是放一楼，院子的空间就不够用了，所以才安排在了二楼。

竹原 样板房没有客户，楼上楼下都能放，还挺自由的。

中村 样板房和有明确客户的住宅相比，设计起来总归还是不太一样吧？

伊礼 那也不是，两者唯一的区别就是"有没有居住者"，设计起来跟普通的住宅没什么区别。这栋房子也是能住人的，随时住进来都没问题。我没有因为它是样板房就把厕所省略掉，考虑到了采暖，也留了晾衣服

的空间。否则它就不是住宅了，我设计的时候也提不起劲呀。

竹原 天花板的高度和内侧的尺寸总是一样吗？

伊礼 嗯，除非土地的条件非常特殊。

竹原 二楼的暖炉区与二楼屋檐下的高度用的也是标准尺寸？不会视住宅的情况进行调整？

伊礼 嗯，基本是不改的。我们有标准的尺寸，以那个数字为基础，随机应变就行了。

竹原 我的尺寸每次都不一样。不，应该说我会有意识地用不同的尺寸。我很少在事务所说"上次是怎么怎么样的"。最近大家都用 CAD 作图了，可当年的图纸都是手绘的，不是随随便便就能复制得了的，所以

我的尺寸每次都不一样。不，应该说我会有意识地用不同的尺寸。

——竹原

也没人去纠结"上次用的是什么尺寸"。

中村 我也没有标准尺寸，一家一个样。

伊礼 我是有一套基础尺寸，以那个数字为标准。

中村 层高是多少？

伊礼 2.52 米。

中村 哦，还挺低的。

伊礼 有时候我甚至会压到 2.45 米。能压的话，恨不得再压一下。比如在东京市中心建个三层高的小楼，北侧的退缩尺度什么的卡得很死，不压那么低不行啊。但具体还是要看建设方案，比如要用大梁的时候，考虑到管道的排布和其他方面的因素，我可能会把层高抬高一些。

竹原 这跟客户的身高有没有关系？

伊礼 有是有的，但没人会用脑袋去蹭天花板呀……

中村 内部尺寸会调整吗？

伊礼 会做些微调。有时候是 1.86 米，有时会压到 1.8 米，有时也会抬到 2.1 米。

竹原 要是来了个那——么高（比画一下）的客户呢？

伊礼 那就属于非常规事件了。（笑）

竹原 我以前做过一个修复长屋的项目，碰到了一个身高一米八五左右、体重超过两百斤的人。我当时就直截了当地跟他说："你最好别住长屋。"一不小心，头就会撞到。他长得又很壮，随便走两步，连地板都要跟着抖。我就劝他说："你还是住公寓去吧。"（笑）

左）烧柴暖炉区的层高压到了 2.1 米。
右）沙发床旁边有一小块"榻榻米区"。这也称得上是伊礼智设计室的"商标"了。可以躺下休息，也可以用来看书，很适合窝着。

中村＆伊礼 厉害！

竹原 这栋房子没有装一条天花线。这看起来很容易，要做出好看的效果其实很难，因为不装天花线，接缝就无处可躲。如果负责施工的工匠是第一次跟你合作，那要怎么办？

伊礼 我这边是不变的，用的就是标准的配置。但不同的建筑公司和工匠可能会有不同的施工方法。好比这边的外壁，工匠刷了比平时厚一倍的灰泥，然后再把接缝刮平。一般情况下是不会刷那么厚的，不然多浪费啊。他们也动了很多脑筋。

您看，外角也处理成了 R（曲面），不是吗？我们希望居住者能通过圆润的线条感觉到墙壁的厚度，但普通的泥瓦匠觉得这么做不够痛快，是绝对不肯做的。好在松彦建设的工匠会考虑到住宅的整体氛围，才实现了这样的效果。

竹原 外壁故意做厚了吗？

伊礼 没有做厚太多，但的确是费了些功夫。

竹原 木匠和泥瓦匠肯定会嫌麻烦的。可就算墙面的形状一样，一旦加上装饰边或天花线，给人留下的印象就截然不同。你跟很多本地建筑公司都有合作，每家做出来的效果应该都不太一样吧？

伊礼 我们做了标准化，所以无论让哪家建筑公司来施工，都能确保一定水平的质量。不过最后的效果的确与建筑公司施展出了怎样的技术有关。每家公司施工前都会去其他工地参观一下，观察别人家的施工方法。等他们做好了，又会有另一家公司的人来参观学习，就跟玩传话游戏似的。这么一传，每家做出来的效果就不一样了。而且大家都憋着一股劲儿，一心想比别人家做得更好。（笑）

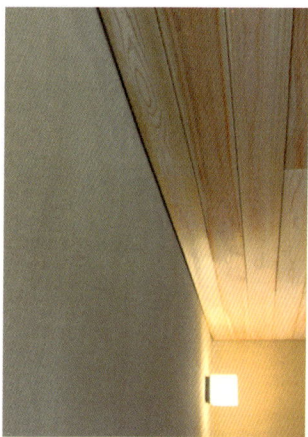

左）天花板与墙壁的接合处没有装饰边。
右）灰泥墙与屋檐底板以装饰边划分。

建筑公司的设计水平越来越高了，
这是日本住宅之幸

中村 参观完这栋样板房，我对如今的建筑公司的工作态度和努力的方向产生了兴趣。我还想知道，你为什么会和建筑公司一起建设这样的样板房？

伊礼 大多数委托我设计样板房的建筑公司都抱着"提升设计水平"的目的。优秀

的建筑公司都很好学，他们的确在通过实际施工进行学习和提升，设计水平也越来越高了。设计事务所和建筑公司在设计水平方面的差距已经越来越小了。

中村 你是在特意栽培这样的建筑公司吧？

我觉得二位的设计也应该转化为"标准"。

——伊礼

伊礼 哪有啊，都是他们自学成才的。（笑）再说了，因为建筑公司变强了就败下阵来的设计事务所，本来就是没有前途的。

中村 在你大力倡导"标准化"以后，日本各地涌现出了不少"伊礼风格"的住宅。这对你、对日本的住宅界是好是坏？我对这一点还有疑问。

伊礼 二位的设计也是日本的设计事务所和建筑公司争相效仿的对象。吉村顺三老师把详细的平面图放到了作品集里，设计事务所和建筑公司就把图纸利用起来，久而久之，他的设计成了日本的"标准"。我觉得二位的设计也应该转化为"标准"。要模仿得一模一样大概是不可能的，但一定程度的模仿不成问题。关键在于让大家都来学习效仿，提升二位的普遍性，因为二位的设计有值得大家传承的特质。

竹原 我也一直在思考要如何传授石井式的设计。

中村 所以你觉得被人模仿了也没关系？

竹原 我觉得，把手里的牌都亮出来也没关系，只要我这个设计者永远走在前面就行了，因为我们能自己创造出更新颖的设计。

伊礼 跟我有合作关系的建筑公司就那么几家。被模仿的不光我一个，中村老师的设计也有很多设计事务所和建筑公司模仿。但他们不可能做到"真正的模仿"，只能通过学习摸索出有自身风格的设计。

中村 哦，但我还是觉得这样太偷懒了。

伊礼 是偷懒还是学习，全看那些公司是怎么想的。毕竟日本的木结构住宅有六成出自本地建筑公司之手。要是模仿能帮助建筑公司造出更好的住宅，那也是一桩幸事。

竹原 我知道你是想提升建筑公司的水平，我也很赞同你的想法，为你的努力呐喊助威。毕竟我们的工作离不开可靠的建筑公司。不过我希望在你这儿学习的建筑公司能早日学成毕业，朝着更高的目标努力。我常劝他们不要太专一。（笑）

要学的东西还有很多。要学会见异思迁，这样做出来的东西会更有意思。

中村 建筑公司进步了，建筑家与设计

事务所肯定也要改头换面。大型开发商的设计水平也在提升。年轻的建筑家越来越难靠设计住宅养活自己，所以我也很好奇"住宅建筑家"会有怎样的发展前景。

伊礼　我觉得建筑家完全可以和设计事务所、建筑公司共同努力，打造更好的住宅。有很多建筑公司，比如松彦建设，都在和年轻的设计师合作，这就是一个很好的方向。建筑公司也会通过各种方法，最大限度地发挥出设计师的特长，所以设计师也能在这个过程中不断进步。

鹿儿岛的 VEGA HOUSE 建筑公司就录用了很多本地的优秀青年设计师，还引进了我的一些设计手法，设计水平突飞猛进，客单价也比以前高了。现在有很多建筑公司都想效仿他们，通过提升设计水平，在设计和施工这两方面向他们靠拢。而 VEGA HOUSE 也在更高的层面实现了富有自身特色的进化。

竹原　也许过一阵子就轮到建筑公司找设计事务所要报价了。

伊礼　咸鱼翻身，报仇雪恨啊。（笑）

中村　说不定他们还会问，"你们家的设计费收百分之几？"真到了那个地步，我就洗手不干了。（笑）

暖炉区的天花板压得比较低，挑高处理的客厅能带来开阔感。

第三章

中村好文的住宅

I / 做住宅的"裁缝"

最近我们已经很少听到"裁缝"这个词了。不仅听不到，我甚至很少看到干这行的人。大家周围还有裁缝吗？我在一个海边小镇出生长大。地方虽小，却也有一家裁缝铺，玻璃橱窗上印有斜体的连笔英文单词"Tayler"。曾几何时，我经常和小伙伴们趴在玻璃窗上，观察在店铺深处踩缝纫机的裁缝大叔。

九十年代初，长大成人的我为香港的市井气息倾倒，动不动就飞过去走走看看。我就是在那时对裁缝产生了亲切感。那时候香港有很多价格实惠的裁缝铺。连我这种还没多少项目可接的菜鸟建筑家，也能毫无负担地定制西装和衬衫。

说起香港的裁缝，我就想起那时从朋友那儿听来的"佳话"。朋友带着年迈的父亲入住香港的半岛酒店。他想送父亲一套定制西装，而酒店楼下有一层楼都是商铺，里头正好有一家裁缝铺，于是他把裁缝请上了楼。裁缝进屋后又是仔仔细细量尺寸，以便回去打版，又是拿着厚重的布料样本册，陪老人家挑选布料。两天后，裁缝就带着半成品来试衣了。他认真检查了每一个细节，临走时还轻声对我的朋友说："我会把纽扣的扣眼做大一点的。"实不相瞒，老人家几年前突发脑溢血，右半边身子落下了后遗症。而裁缝在量尺寸的时候发现，"这位客人扣扣子一定很不方便"，这才有了把扣眼做大一点的主意。裁缝的观察与用心，就是这样反映在具体的细节上，多厉害啊。

此话就此打住，也是不折不扣的"佳话"了，但这个故事还有下文。两个多星期后，成品寄到了朋友家。老人家穿上一看，因为后遗症略往右歪的姿态都被西装矫正过来了，整个人显得特别精神。裁缝的周到让我的朋友感动不已，精湛的缝纫技术更是让他大开眼界。

这个故事让我深感佩服……不，是深受感动。故事中的裁缝有高超的观察力、洞察力与想象力，还通过西装将自己的能力淋漓尽致地展现出来。我不由得对裁缝这种职业产生了近乎憧憬的感情。正是在听完这个故事之后，我暗暗发誓，要做一个"住宅裁缝"。

II / 为“住宅”效劳

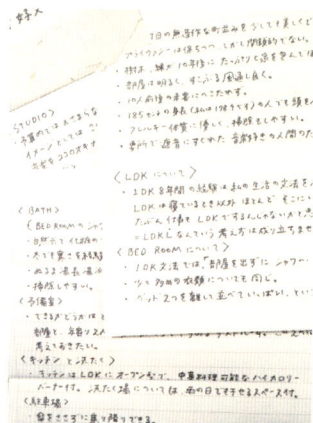

　　我们事务所在承接住宅设计工作时都会请客户列一份“要求清单”。但我们不会囫囵吞枣，完全按清单设计。因为我觉得那样不算是履行建筑家的职责，跟跑腿的杂工没什么区别。我们更需要从清单的字里行间读出客户对新居的潜在需求，在住宅这一载体上加以呈现。在我看来，这才是住宅建筑家最能大展身手的地方，也是住宅设计这份工作的精髓所在。自不用说，这也是只有住宅建筑家才能品尝到的乐趣之一。

　　客户的个性五花八门，每个人都有不同的生活方式与生活态度，以及独树一格的讲究与行事风格。

　　我认为，住宅建筑家绝不能忽视那些乍看之下不值一提的日常琐事，得抱着尊重这些琐事的态度去设计。说白了就是，你必须喜欢人、喜欢人的生活、喜欢人的住宅，否则是绝对干不好这份差事的。

话说，许多建筑家貌似习惯把自己设计的建筑称为"作品"，我总觉得这个词听起来怪怪的，感觉就像那些建筑出自建筑家一人之手似的。我是以专家的身份协助委托人造房子，而不是在创作自己的作品。

再用服装行业打个比方，这样比较好懂。比起在巴黎时装周发布作品的新锐设计师，我对自己的定位更接近街角裁缝铺里为普通人缝制便服的裁缝师傅。如果一定要用作品这个词，那也应该是与客户的"联合作品"，以及与工匠们的"合作作品"。建筑绝非建筑家一己之力的产物，它离不开客户和负责施工的工匠们。光有建筑家，房子是造不起来的。

大家应该也发现了，我会有意识地用"客户"这个词，而不是日语中指代工程委托人的"施主"。

这倒不是因为英文比较洋气，只是"施主"的"施"有"施舍"之意，用这个词我心里有点不痛快罢了（笑）……说"客户"的话，我就会觉得我们不是在接受施舍，只是接受了委托，在替委托人办事。

在 Asama Hut 的施工现场，与客户加藤
典洋夫妇讨论用于装修门厅的灰泥材料。

　　如果硬要从建设住宅这件事里找出一个近似于施主的角色，那也应该是将要建成
的住宅。

　　照理说，"施主"的地位是最高的，其次是设计者，再往下是建筑公司，建筑公
司下面还有工匠，形成了一个等级森严的金字塔结构。

　　但我觉得，在建设住宅的时候不应该有这样的上下关系。无论是客户、设计者还
是工匠，都应该平起平坐，为自己要建设的住宅效劳，齐心协力，共同奋斗，这才是
最理想的状态。

住宅是与客户的"联合作品"，
也是与工匠们的"合作作品"。

白云楼俯视 Asama Hut（2003 年竣工，
丸山技建）的门厅。用于铺面的砂浆中
加入了稻壳和柿油。

III

用设计这门"手艺"
回报客户支付的设计费

在负责住宅设计的建筑家看来，客户给的设计监理费算不上多……甚至还有点少（笑），但是站在客户的立场上，这笔钱的确是不小的开支，所以我始终致力于用自己的专业知识、经验、技术与品味，也就是建筑家的"独门手艺"来回报客户。

我由衷地希望，当住宅大功告成，客户入住新居之后，他们能打心底里觉得："啊，请这位建筑家来设计真是太明智了。能住上这么充满乐趣的房子，设计费没白花呀，一点都不贵，不，我还觉得给少了呢……"

我们不能只顾着满足先生的要求，却忽略了太太的不满，或是只顾着满足父母，却没有给孩子一个精彩而快乐的家。

我理想中的住宅，要让一家人在生活中品尝到属于各自的幸福，获得精神上的满足，赢得全家上下的喜爱。我不会把客户给的设计费糟蹋在自我表现、自我满足与自我宣传上，而是用设计这门"手艺"，真心诚意地回报客户。作为专业的住宅设计者，我想先把自己提升到这个境界。

委托我设计的客户大多不是所谓的富人，而是普普通通的老百姓。决定要建新房后，他们省吃俭用，东拼西凑，找银行贷款，好容易才把建筑费用凑出来。我们建筑家一定要把这一点放在心上。

大家看过黑泽明导演的《七武士》吗？它讲的是老百姓为了保卫家园与雇来的七位武士联手击退强盗的故事。电影中有一幕非常感人：武士的领袖勘兵卫接过贫苦农民递给他的一碗白米饭，说道，"这饭可不能糟蹋啊。"对住宅建筑家而言，客户支付的设计费就像电影中的农民招待武士的白米饭一样宝贵。我们必须时刻牢记，"这笔钱可不能糟蹋啊"。

话说我们事务所收取的设计监理费不是根据工程费的百分之几计算出来的。要是把这个比例定死了，用于节约工程费的小花样就会直接拉低事务所拿到的设计费。我怎么想都觉得这套体系很不合理。而且东京、大阪这样的大城市和地方小城的人工费用也有很大的差距，这种差距必然会反映在工程费的数额上。设计的内容明明一样，

右）门前旅馆（2013 年竣工，茶花工务店）。由著名漆艺家赤木明登购置的能登半岛民宅改造而成的旅馆。足有两层楼高的书架、手工刷漆的地板与房梁等工匠的手艺活儿都是旅馆的亮点。

设计费却是大城市远高于小城市，哪有这样的道理？由此可见，按百分比算存在很多问题，按坪单价算（就是单位面积的设计费用）就合理多了，所以我们事务所采用后一种制度。

当然，坪单价也会根据面积与结构等因素有所浮动。假如设计费是每坪十三万日元，那么室内面积三十坪的住宅的设计费就是三十坪乘以十三万，即三百九十万日元。我们会为每家量身定制厨房等位置的固定家具，如果客户有需要，餐桌这样的可移动家具也会设计，而且设计家具的费用是包括在总的设计费里的。这么一算，我就觉得我们的价格还是挺公道的（笑），大家觉得呢？

IV / 客户与好文组

早在学生时代，我就萌生了以住宅设计与家具设计为终身事业的想法。我也的确很走运，成功实现了这个梦想，在这行一干就是三十多年。我之所以能坚持到现在，正是因为这份工作有"充实"与"乐趣"这两个轮子，用恰到好处的力度拉着我不断前行。

最关键的是，我在客户这方面的运气着实不错。虽然接过不少预算和土地条件都不算好的工作，但我接触到的客户都很棒。我与不少人不知不觉成了至交好友，甚至亲如一家。啊，但不太清楚客户们是怎么看我的。（笑）

工作中难免会遇到困难。出现意料之外的状况啦，被街坊不讲道理的投诉耍得团团转啦……这都是常有的事。不过大多数情况下，我总能埋头于设计工作，调动全部的知识、经验与技术，尽情发挥自己的品位与创意。这也多亏了十分了解我的好客户的鼎力支持。

我不仅遇到了许多好客户，还结识了众多对工作怀有一腔热血的建筑公司员工与工匠。能与他们共事多年，也是我的荣幸。

电影界有"黑泽组"与"小津组"这样的小团队。演员就不用说了，连场记、摄影、

上）羽根建筑工房的木材全是手工加工，而非机器预加工。

中）左：员工全体出动，建设真狩村Boulangerie Jin 餐厅的附属小屋。中：雪中的小屋，窗口透着温暖的灯光。右：与客户神先生一同打扫树屋的积雪。树屋是手工制作的。

下）中村老师与家具工匠村上富朗（已故）先生的交情可以追溯到他们二十多岁的时候。两人忙着在村上先生的作坊里打家具。

中村老师会和工匠们穿着统一的短褂出席破土仪式与上梁仪式。他将这种短褂称作"手艺人的燕尾服"。

美术导演、服装师、录音师这样的幕后制作人员，都是一直用同一套班子。我总觉得，建筑公司、工匠和我的关系也有点这种感觉。

刚自立门户那会儿，我灵机一动，去浅草的节庆用品专卖店定制了几身在破土仪式和上梁仪式上穿的短褂。我听说以前的工匠都把自己平时用的工具画成一目了然的标识，印在短褂的背后，用来宣传"我就是干这行的"，于是我把设计时常用的 T 尺印在了背后，还在衣襟上印了"好文组"这三个字。这当然是借鉴了"黑泽组"和"小津组"。现在回想起来，这身衣服仿佛预示了我和建筑公司、工匠们在此后建立起的深厚友谊。

"好文组"意识最强烈的，大概是做家具的工匠了。跟我合作时间最长的家具工匠是我职校木工科的同学，我们已经打了快四十年的交道。北至北海道，南至冲绳，无论日本哪个地方的项目，我都会带着"好文组"的工匠们一起去。不过我听说他们背地里自称"被害者同盟"来着。（笑）

房子建成之后，我会请客户为建筑公司的监理和工匠们开一场庆功宴（当然，这样的机会不是每个项目都有）。共同完成一项工作，会在我们和工匠之间构筑起一种

为庆功宴定制的 T 恤衫，上面印着中村老师的写生图。

类似"战地友谊"的关系，所以庆功宴的气氛总是热火朝天，特别开心。

在我稍后为大家介绍的月屋的庆功宴上，我请来了朋友鲁特琴演奏家角田隆先生。他的演奏既是我送给客户的贺礼，也是对工匠们的犒劳。我想让悠扬的音色渗入新房的地板、墙壁与天花板，为这份工作画上圆满的句号。多亏了朋友的倾情表演，我才能用一场饱含真情的活动，为这份投入了真心诚意的工作收尾。客户和工匠们都穿上了同款 T 恤，屋里充满了欢声笑语，好一场愉快的庆功宴。打造一场欢快的庆功宴，大概也算是我们建筑家的"手艺"之一。

在我看来，在这样的活动中产生的团队意识与信任关系，一定能为下一份工作打下坚实的基础。

月屋的庆功宴。大家都穿着为了这一天
特意定制的 T 恤，其乐融融。

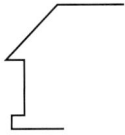

1

六甲的周末住宅

访问月屋

　　这次我要带领二位参观的是六甲的周末住宅——月屋（Luna House）。"Luna"在意大利语中是"月亮"的意思。这栋建在六甲山山腰的周末住宅被迷人的风光环绕。夜幕降临后，更能欣赏到传说中的"百万美元的夜景"。在这里仰望夜空中的月亮，会觉得它特别大，特别近。客户的女儿就是在施工期间出生的，名叫"美月"。这个名字与周围的景色给了我灵感，所以我才给这栋房子取名"月屋"。

——中村好文

Luna House

左）沿着从院门通向房门的小径一路往下走，穿过铺着金属网的拱桥，就是玄关门廊了。

右）装在玄关的调酒器做成的衣帽钩、复古开关、长椅等小配件，都能让人感受到细腻的小心思。

月屋的设计方案以"享受美味的餐厅"为中心。

餐厅的一角设有嵌入式暖炉。坐在 L 形的沙发上，耳边传来柴火的噼啪声，眼中映出摇曳的火光。

上）墙壁、天花板与收纳门都贴了鸟子纸①，张贴时仅在边缘涂抹黏着剂。拉窗两面贴有和纸，中间留空。整个房间就像裹在茧里一样，氛围柔和。

下）地板表面以矛头刨子②加工，打造出涟漪般的质感。两根为一组的壁龛柱子刷成了黑色。

---

①一种浅黄色的上等和纸。
②一种室町时代之前广泛使用的长柄刨子，头部形似长矛，在刨台传入日本之后几乎销声匿迹。

凭直觉定的天花板高度

竹原 无论是高度还是窗户的位置，都是为景色服务的。（看着窗外的景色）可惜今天起雾了，否则景致一定很棒。

中村 天气好的话，到了晚上，下面就是一片灯光的海洋。那灿烂夺目的景色真是太壮观了，大家都会情不自禁地发出赞叹。

竹原 真是个好地方呀。窗外的天然红松也很美。

中村 这里原来有一栋钢筋混凝土（RC）建筑物。我们保留了原有的混凝土面板，只拆掉了面板以上的部分，然后把木结构的平房直接架了上去。

因为原有的房基比较大，支撑混凝土面板的柱子和房梁也很牢固，要是把它们都拆掉，肯定会产生大量的工业垃圾。更关键的是，我们不想让山崖受损，所以大幅缩小了房屋的规模。面积是定好了的，建筑物又要尽可能轻，于是我们一开始就决定造木结构的平房。

就算房子比较小，我也想通过空间的配置和开口部的小心思，让人产生这里很宽敞的感觉。

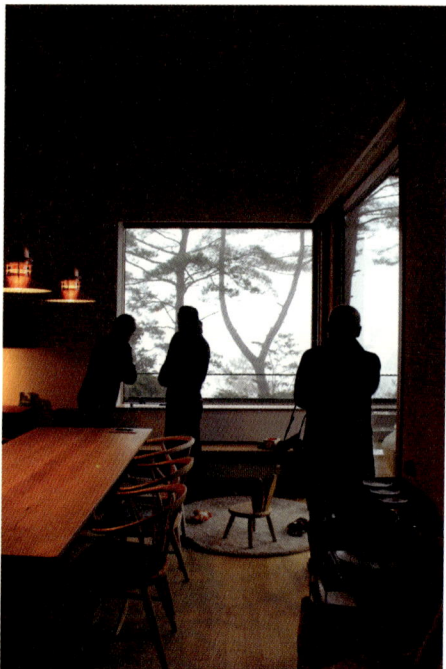

摄于月屋的餐厅。三人站在窗边远眺。可惜天公不作美，访问当天没看到"百万美元的夜景"，但窗外的红松营造出了水墨画般的美景。

2015 年 3 月 15 日
向导 中村好文
访客 竹原义二　伊礼智

伊礼 天花板好高。是 3.2 米吗?

中村 哎哟,差点猜对了,是 3.3 米。(笑)第一次来看场地的时候,我就凭直觉把天花板的高度定在了 3.3 米。要是把房子压得很低,就不能和眼前的景致相呼应了,那样也会让成品缺乏开阔的感觉。

3.3 米这个数字没有什么依据,我就是觉得 3 米可能有点矮……这真的没有逻辑可讲,就是凭感觉。

很多人觉得好的住宅就该把檐高和天花板都做得很低。著名的弗兰克·劳埃德·赖特,还有吉村顺三老师和白井晟一老师都是这么设计的。村野藤吾老师甚至说过类似"天花板高显得俗气,有股暴发户味儿"的话。道理是没错的,但我心里总有另一个念头——"这也不一定吧?"比如菲利普·约翰逊的排屋和玻璃之家,高高的天花板就能给人带来独特的舒适感。

好在这边是院门到房门的通道高,住宅用地比较低,再加上建的是平房,我估计应该不会给人留下炫耀的印象。

真是个好地方呀。窗外天然的红松也很美。

——竹原

上·中)保留原有建筑物的房基,只拆除了混凝土面板以上的部分,再把木结构平房建到上面。

下)月屋建在斜坡上,给人"突出来"的印象。

为了呼应眼前的风景。

——中村

伊礼 阳台也是开放式的，周围有美景环绕，感觉好舒服呀。面积也很大。房檐的高度是 4 米左右吗？

中村 不，房檐是从客厅的天花板延伸出去的，所以也是 3.3 米。

我原本担心盖住整个阳台的大片房檐会影响房间的采光，没想到因为高度足够，房檐几乎没有影响到房间的亮度。这个发现让我感到挺意外。

伊礼 我一开始还纳闷，感觉这墙壁好像比您平时做的厚很多，其实您是故意做厚的，好把窗帘盒藏起来吧？

中村 我不想在这栋房子的开口处装边框，呈现出一种"墙面干脆地断开"的感觉，所以想尽量删掉多余的线条。窗户也没有装窗框，是直接开在墙上的。

伊礼 我偶尔也会这么做。把墙壁做厚总归有点刻意，我多少还是有些抵触，但是取景窗旁边要是有窗帘盒，或是窗框的把手什么的，画面就显得杂乱了。

竹原 如果是我，肯定不会这么弄。你

们的结构都是看不见的，我会让结构露出来。看来我们的战术还真是完全不一样。

伊礼 窗框的配置我也是动过脑筋的。就算要用普通的铝制窗框，也会把墙壁稍微做厚一点点，或是专门定做窄上几毫米的窗框。模仿我的建筑公司有很多，但他们大多没有注意到这方面。

右）木窗框与墙壁之间安装了嵌入式窗帘盒。

下）为了将风景衬托得更优美，窗户没有做包边，而是直接在墙上"切"出了开口。开口外面就是向风景延伸的宽敞露台。

与家具工匠齐心协力打造的
"手感好"的住宅

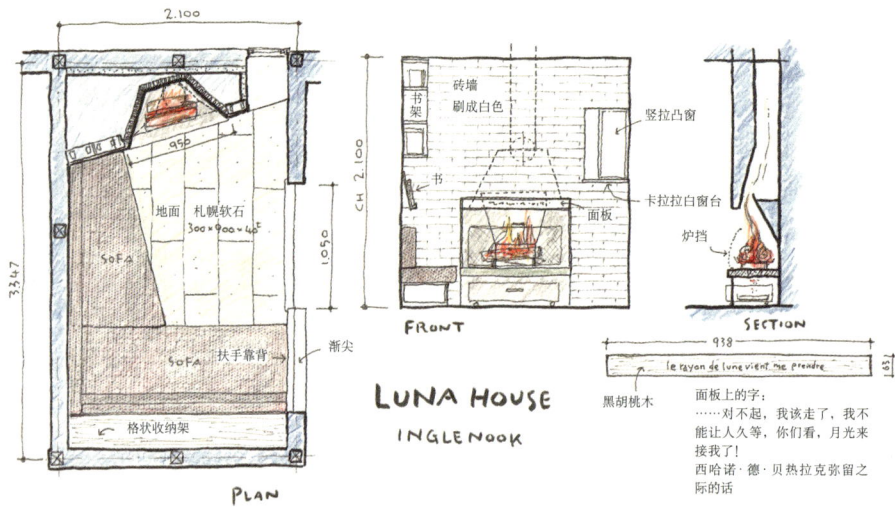

2.100

书架

砖墙
刷成白色

竖拉凸窗

书

地面 札幌软石
300×900×45

卡拉拉白窗台

面板

SOFA

CH 2.100

1.050

3.347

炉挡

SOFA 扶手靠背

渐尖

格状收纳架

PLAN

FRONT

SECTION

938

le rayon de lune vient me prendre

67

黑胡桃木

面板上的字:
……对不起,我该走了,我不
能让人久等,你们看,月光来
接我了!
西哈诺·德·贝热拉克弥留之
际的话

LUNA HOUSE
INGLE NOOK

竹原 你特别擅长创造"给人待的地方"。比如这个角落的嵌入式暖炉，和周围的空间特别搭。这种东西一般很难放进设计方案，也不是随便弄一个塞在角落里就行。而且你还把暖炉做成了梯形，地板也低了一截，这也非常巧妙。能在固定的框架里随手弄出这样一个好空间来可不容易。这也是你多年的经验造就的一种手法吧？

中村 我刚才也说了，这栋房子直接建在原有的混凝土板上，面积一开始就定死了，很难把客厅跟餐厅都做得很大。于是我没有做传统意义上的客厅，而是在这里做了嵌入式暖炉，把它变成放松的空间。这栋房子虽然是周末住宅，但女主人是教法餐的老师，

雅致的嵌入式暖炉颇有些童话气息，孩子们特别喜欢。

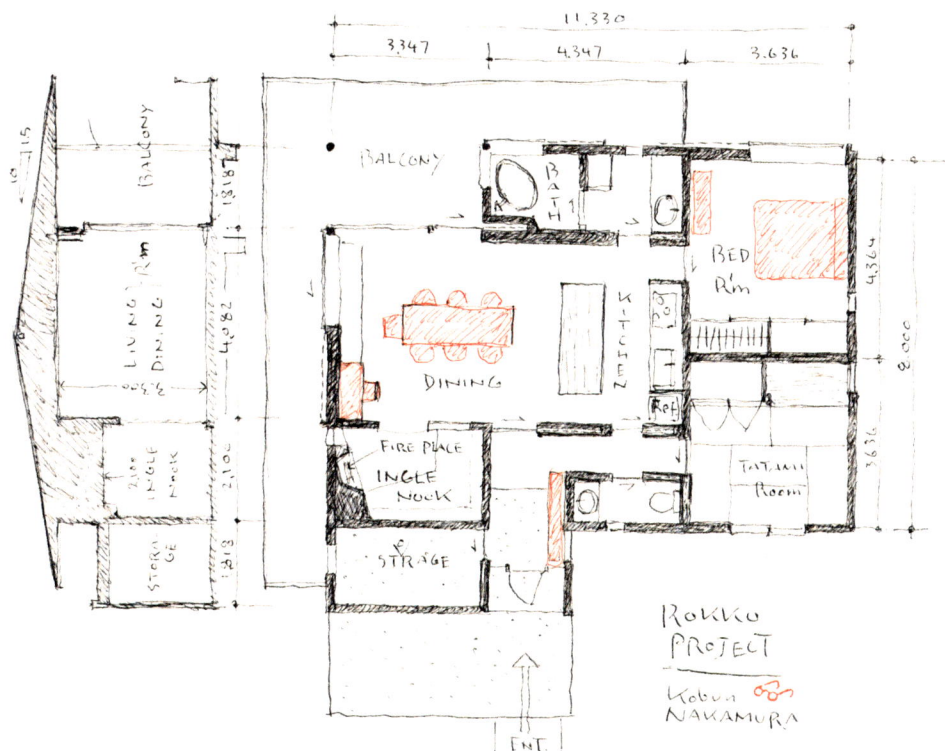

想在这里开餐会和烹饪班什么的，所以整体方案是围绕着厨房和餐厅设计的。

竹原　哎呀，我好久都没见过这么成熟的建筑了。怎么说呢，就像是刚看了一场好电影，感觉自己赚到了。

伊礼　中村老师的住宅完全是由家具的触感组成的。比如转角处的柱子，大家一般都会保留木材四四方方的棱角，但您特意用了圆柱。我还以为它是装饰柱，特意到外面看了一下，才确定它是正儿八经的承重柱，不是刻意的装饰。其实这就是呈现手法的问题。您是从家具的维度进行构思的，呈现的手法也与众不同。

竹原　一般人想不到这个维度。

伊礼　得有丰富的经验才行，还得有手艺高超的家具工匠配合。就连和室纸门的把手，每个部件的水准都跟家具店不相上下。

"木匠打的家具究竟能用到什么地步"是我的一大课题。请木匠打家具的优势在于，他们打的基本都是嵌入式家具，可以做得严丝合缝。我听说您平时都是带着家具工匠到处跑的。窗边的长椅看上去像是固定不动的，其实是可以搬动的吧？

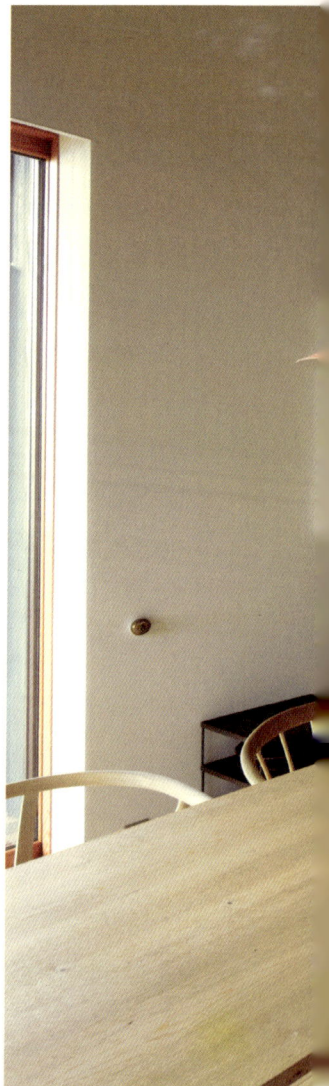

左）餐厅窗户的转角部分使用了加工过的圆木。
右）和室收纳空间的把手，用胡桃木加工而成。

上）月屋的厨房没有传统的餐具柜，而是设计了许多能收纳大量餐具的抽屉。
下）据说抽屉的比例以及用旋床加工的特制把手是在向夏克式家具致敬。

中村老师的住宅完全是由家具的
触感组成的。
　　　　　　　　——伊礼

中村 嗯，无论去哪儿做项目，我都会带上合作了三十多年的家具工匠，也只有家具才能享受到这个待遇。为了给旋梯配上形似蔓草的木制扶手，我甚至让人家从长野陪着我一起去了趟鹿儿岛。

伊礼 有自己的小团队，走到哪儿就带到哪儿。所以无论在哪个地方开工，无论由哪家建筑公司来施工，家具的质量都有保障。我没有这样的团队，才选择了"标准化"这条路，画出详尽的图纸，让建筑公司照着做。

竹原 这就是标准化发挥作用的地方啊。

伊礼 毕竟我不是家具设计师，也没法学中村老师的办法。可我又受不了不同的建筑公司做出水平相差很多的东西。怎么办呢？那就只有标准化了。

竹原 不同地区的风格的确差很多。有时候我都说了要留棱角，可工匠们还是会立刻把棱角削掉，或是全部弄成弧面，说"这样看起来更柔和"。

中村 尤其是家具，边缘的 R（弧度）差个一毫米，给人的印象就截然不同。我把经常合作的家具工匠称为"好文组"。他们中有专做厨房等房间的固定家具的，也有用不加修饰的天然木材做桌椅的。其中资历最老的工匠，是我在都立职业训练所学做家具时的同学，我二十八岁的时候就认识他了。

伊礼 这样的关系就很稳定了。所以我才觉得您其实也在推进标准化。如果您对这个词有所抵触的话，也可以说您的准备工作做得很周到。没有这样的基础，就绝对建设不出高水平的住宅，有可能会有搞砸的时候。

中村 其实我在很年轻的时候，就产生了要和人品值得信赖的高水平工匠合作的念头。和工匠们一起摸索尝试，就相当于在为建设住宅做准备。

左）撰稿人金田麦子女士在窗边的长椅上与孩子们玩耍。
右）名为"兔子"的儿童椅也是由中村老师设计的。

**其实啊，还有个景色更好的地方。
刚才下车的时候二位应该也看到了。
那就过去瞧瞧吧。**

——中村

您说的是小月屋（Luna Hut）吧。

——伊礼

小月屋建在距离月屋 40 米左右
的位置。

专门用来观景的浪漫小窝

（一行人前往院内的小屋）

中村 这间小屋的位置比主屋更高，而
且眼前没有遮挡视线的树木，放眼望去景色
特别美。我每次来工地，都会到这里看看风
景发发呆。有一天，我随口向客户板仓先生
提议："不如在这儿建个小屋吧？"他一口答
应："不错啊，就这么办。"于是小月屋就这
么建起来了。板仓先生在建筑方面造诣很深，
很懂我们建筑家的心思，颇有些当年的艺术
家赞助人的意思。

竹原 （站在屋外往里看）这个地方选得
太妙了，就像一个定位点似的，有了它，整
体就显得平衡了。主屋是嵌在下面的，而这
间小屋位于地面以上，两者的高低差也恰到

好处。我做惯了房屋密集区的住宅，可不会
这么配置空间。

伊礼 轮廓好美啊。面积大概有多少？

中村 两坪。如二位所见，这就是专门
用来观景的小屋。里面有一块椭圆形的垫子，
配了圆弧形的靠背板，可以靠在上面，欣赏
取景窗纳入的风景。这扇是不能开的固定窗，
下面另外开了通风窗。

伊礼 （坐在屋里的垫子上）哦，顶上拉
的幕布跟芹泽山庄的有点像。

中村 我想在这里打造出类似华盖床的
亲密感和舒适感。小屋本来就有点隐世小窝
的氛围，而透过这层布散射的柔光，会让屋
里的气氛变得更加浪漫。

二位别怪我说话难听啊，我设计这个
地方，可不是为了给三个邂逅大叔排排坐

将"百万美元的夜景"尽收眼底的小月屋。

的……那多没情调啊。（笑）这个空间更适合独处，或是给关系亲密的男女享受幽静的时光。（笑）

竹原 如果用电影打比方，这间小屋就是夺人眼球的配角。我都拿不准它跟主屋谁才是主角了。（笑）不光是这间小屋，餐厅的桌子、浴室里的浴缸以及和室的布置都是各有千秋，每一位配角都有唱主角的能力，个个表现不俗。这就是中村牌建筑的过人之处。

左）"我设计这个地方，可不是为了给三个邂逅大叔排排坐的"——设计者如是说。
右）光线透过天幕般的布扩散开来，使室内充满了柔和的光亮。

上）用于截取景色的风景窗。窗户下方设有通风窗。

下）建在整片住宅用地景致最好的地方。

摆在垫子上的三双脚。袜头是一蓝一红一黄。
连袜子都是三种风格！

实地考察过三种风格的住宅后

中村　这次我们考察的三栋房子有完全
不同的倾向，真有意思。我们想要打造的世
界各不相同，立足点也不同，而这些区别原
原本本地呈现在作品中，确实是三种风格。

伊礼　"打造住宅时依据的东西是什么"，
也是个很有趣的角度。

竹原　我们三个人只是表现的东西不一

样，原点……或者说本质还是一样的吧。

中村　我们喜欢的建筑明明差不多，好
比冈山的闲谷学校，可设计出来的东西却截
然不同，这就是所谓的个性吧。要是大家都
一样，那多没劲啊。

竹原　同根同源。

伊礼　就跟兄弟似的。

中村　嗯，不过不是一个妈生的。（三人
大笑）

第四章

三种不同的风格

◎ 三位之间的关系

我们都认识这么久了

中村　我跟竹原老师是老相识了。我们的年纪一样大，他那开门见山、心直口快的脾气也跟我一拍即合。我记得有一次，他对我说过这么一句话——"你的设计太寡淡了，关西人肯定不喜欢。"但我不记得具体是什么时候说的了。这种话一般人肯定是说不出口的，但我们竹原老师就是这么直爽，多痛快啊。

竹原　啊？我还说过这种话？我感觉我们从三十岁开始就老是一起上杂志。先翻到有我的那一页，再往前后找找，肯定能找到中村老师。（笑）"东有好文，西有竹原"这句话也在住宅设计界传了好久。

中村　有一阵子，好多客户在我们两个之间犹豫不决。我有个客户就是犹豫了半天，最终因为住在东京才选了我，可他居然说"我还是想跟竹原老师一起喝一杯"，就把我们俩都拉去了大阪的天妇罗餐厅。我们明明是竞争对手（笑）！一眨眼的工夫，我们都认识这么久了。

竹原　啊，是有过这么回事。我记得那家餐厅很小，就在法善寺横丁。那时候我们"撞车"的频率真高。（笑）我记得最清楚的是第一届吉冈奖那次。担任评审员的是宫胁檀老师、筱原一男老师和铃木博之老师。我们都入围了最后一轮，大家都觉得不是我就是你。最终，你凭借"三谷先生的家"拿到了这个奖项。乍一看，那就是一栋有人字形屋顶的普通住宅，但仔细研究一下平面图，就会发现那是一栋富有游览性，也很宜居的好房子。窗户的配置也特别平衡。你在这方面果然很有一手。

中村　也不知道是为什么，能得到你的夸奖，我特别开心。还记得得奖之后，我随口说道："拿奖也不是什么大不了的事吧？"结果你回了我一句："那是因为你拿了奖，才能说得出这种话！"（笑）不过你后来也拿了很多重量级的奖项，比如村野藤吾奖什么的。

竹原　因为我们的"跑法"其实是差不多的嘛。

＊吉冈奖

建筑杂志《新建筑住宅特集》的新人奖，设立于1987年。2008年改称为"新建筑奖"，但在2013年又改为"吉冈奖"。

＊村野藤吾奖

为纪念建筑家村野藤吾的功绩，于1987年设立的奖项，旨在表彰为建筑界带来感动的建筑作品的设计者，每年只有一个名额。

沾大红人伊礼的光

伊礼　对我来说，在座的二位都是我非常尊敬的前辈。上学那会儿，我总能在杂志上看到二位的作品。能像这样与两位前辈坐在一起聊天，我真是诚惶诚恐。

竹原　有了你的加入，这个企划才有意思。你正好跟我们差了一轮吧？

伊礼　虽然我是最近才真正和您产生交集，但早就认识您了。上学的时候，我一心想去宫胁檀老师和石井修老师的事务所工作，而您算得上是石井老师的大弟子，您一上杂志，我都会认真研读。

竹原　我第一次见你，是你请我去你的住宅设计学校讲课那次吧？我们明明是初次见面，却完全没有陌生的感觉，这也是因为你为人真诚。

伊礼　跟中村老师认识的时候，我还不到四十岁，还在丸谷博男老师那边工作。一有活动的机会，他都会叫上我。还记得有一次，一位建筑家老师获奖后要开庆功宴，我被他拉去打下手。我刚赶到百货店地下的食品卖场，他就把满满一捧葡萄酒塞到我怀里，指挥道："伊礼君，这边走！这边！"

中村　我也觉得喊你"伊礼君"挺不好意思的，可就是忍不住。所以接下来还是老老实实喊伊礼君吧。（笑）伊礼君的气场一直是这么柔和，跟我第一次见到你的时候一模一样。我们现在在大学里搭档，负责大二的设计课。伊礼君对学生也是特别温柔和蔼。偶尔说两句严厉的话，眼角也是含着笑的，一点都不吓人。（笑）好几个想去设计事务所工作的女生都跑到他那儿去了，所以我一度把他的事务所戏称为"避难所"和"尼姑庵"。（笑）

竹原　不过我们伊礼老师最近表现特别活跃，是住宅建筑界的大红人，好厉害。

中村　没错没错，竹原老师和我能出版这本书，也是沾了大红人的光。（笑）

◎ 成为建筑家的契机

没有特别的契机

伊礼 我是在冲绳出生的，小时候看到的建筑都是小小的住宅，周围根本没有高楼大厦，所以我在上高中之前，对"建筑"这个世界是完全没有概念的。只是我从小就喜欢画画，一画起来就全神贯注——现在当然没有这个本事啦。（笑）我就想，要是以后能靠画画养活自己就好了，考本地的琉球大学，进个美术系，考取教师资格证，当个美术老师也挺不错的。谁知忽然有一天，我在电视广告里看到了清家清[①]老师的作品。

中村 啊，是那个"DaBaDa"吧？

伊礼 对对，就是那个"DaBaDa"的宣传广告。（笑）我觉得广告里的清家老师特别帅，又听说他要来琉球大学新成立的建筑系当教授，便想，要是能跟着这么厉害的人学习，从事建筑业好像也不错。我就这样对建筑产生了兴趣。后来顺利考进了琉球大学，开始学习建筑。我原以为"建筑肯定在画画的延长线上"，谁知学的都是工科的东西，

可把我折磨死了。（笑）

中村 我也成长在一个完全没有建筑文化的地方，上高中之前都不知道世上有建筑家这种职业。但我喜欢画画，也喜欢做手工，就进了美术大学，还碰巧进了建筑学科，于是走了建筑家这条路。闯进这个世界一看，我就被建筑给"迷住了"。

伊礼 决定我人生走向的重要事件发生在大三那年。当时我去参观了还没竣工的冲绳县名护市厅舍（由"象设计集团"设计）。它的气魄震撼了我。水泥的规模与味道，还有那清晰的阴影与立体感都壮观极了。我对它留下了深刻的印象，同时也感受到了建筑的力量。竹原老师决定从事建筑业的时候，有没有崇拜的建筑家？

竹原 有啊，丹下健三老师。我十六岁那年正好碰上一九六四年的东京奥运会。他设计的代代木国立综合体育馆给我留下了特别深刻的印象。我感动不已，仿佛灵魂都在颤抖，心想："原来建筑还可以做成这样！"

至于我成为建筑家的契机……其实我老

---

①日本知名现代建筑家，曾出演雀巢金牌咖啡的广告。下文提到的"DaBaDa"是这支广告使用的歌曲。

家是开建筑公司的，我叔叔是开设计事务所的，所以我儿时就产生了从事建筑业的念头。我从小经常跟着大人去神社寺庙，看着看着也就看惯了。

中村 是什么样的建筑公司？专做神社寺院的吗？

竹原 不不不，就是面向本地居民的普通建筑公司。我叔叔是负责设计的，为我创造了能经常看到图纸的环境。看着他画图纸的样子，我对这份工作有了具体的概念，心想："哦，搞建筑就是做这种事啊。"我叔叔画的图纸可好看了。还记得他教育过我——要学会"绕远路"，本质就在远路上。"快"不是最重要的。绕远路反而能培养你的个性。

中村 当年用的是 T 尺还是平行尺？

竹原 不是平行尺，是 T 尺。他画图纸的时候，我还会打个下手。

中村 那你什么时候产生了"想干这一行"的念头？

竹原 初中毕业那会儿吧。我当时就想尝试一下建筑方面的工作了。

伊礼 这么早啊。

竹原 我不是没有过"不想跟父亲走同一条路"的念头。但在他去世的时候，我彻底打定了主意，决心搞建筑。而且认识了很多好老师、好朋友和好同事……多亏了他们的帮助和鼓励，我才能坚定地在这条路上走下去。一个人的人生走向真的会由认识的人决定。机会有很多，关键是如何把这些机会搜到自己手边来。问题不在于"能不能成为建筑家"，而在于"能不能抓住机会"。

对中村好文的第一印象是？

竹原——
童心未泯，性情直率

伊礼——
看起来有点神经质的文学家！！

137

◎ 少年时代

贫穷却心怀梦想

中村　真不是我自卖自夸，我出生的小镇是没有混凝土建筑的，连公民馆都是三层高的木结构房屋，镇上最高的楼就是它了。在我们那儿，两层高的小楼就是"高层建筑"，有个三层，那就是"摩天大楼"了。（笑）

伊礼　当年的公民馆的确挺好看的。

中村　外墙用互搭斜角板，再刷一层油漆，就有种西式建筑的感觉了。

竹原　连小学、中学的校舍也是木结构的。

中村　说起木结构的房子，我老家就是铺着茅草屋顶的木结构民宅，南侧和西侧围着 L 形的套廊。房子前面是一片防风防沙的松林，穿过松林，就是九十九里滨一望无际的白沙滩。那真是个梦境一样美好的地方。不过觉得它美，可能是我的脑子一点点美化了儿时的记忆。（笑）因为房子建在海边，一天到晚都有海风和陆风，白天是从这边刮向那边，天黑了就从那边刮向这边，所以我们全家人都知道什么时候坐在套廊的哪个位置最凉快。为了抢个好位置，大家争得很凶……

竹原　简直跟猫一样。（笑）

中村　没错，天冷的时候，我喜欢跟猫咪一起窝在南边的套廊晒太阳。到了夏天，西边的套廊正好处在高大的合欢树的阴影下，特别舒服，我很喜欢在那儿看看书什么的。壁橱我也喜欢待，暖桌就更不用说了。

我小时候还很喜欢爬树。我家周围的树应该都被我爬遍了。防沙的松林一眼望不到头，所以我从来都不用为没树爬发愁。我个子不高，身子也轻，爬到比较高的地方也没问题，总是蹿得比谁都快，比谁都高。爬到高处，坐在树枝上眺望海景，那感觉真是太美妙了。还能听见岸边渔船的热球式发动机发出的响声。现在想来，这些童年的美好回忆也许都成了我从事住宅设计的原点。

竹原　那应该是二战结束十多年后那会儿。我家在市里，周围建满小小的民宅，但有关闭的工厂留下的空地。我常在那里踢球，踢到太阳落山才回家。那时还没有先进的家电产品，与其说大家都很穷，不如说是大家都过得差不多。因为物质很贫乏，大家用什么东西都是小心翼翼的，所有人分配到的东西也是大同小异的。

中村　因为那个时候全日本都很穷呀。

竹原　嗯，每家每户屋里的东西都一样。电视机也是一家一台，频道也没得选，不像现在有很多节目可看，所以大家看的电视、电影，听的广播节目都是一样的。大家的生活水平就是在那样一个耀眼的时代中一点点提高的。

伊礼　那就是日本的经济高速发展期。

中村　东京举办奥运会是一九六四年的事，当年我才高一。那年算得上是日本的一大转折点。

竹原　感觉生活水平一下子就上去了。而且大家是一起进步的。我们的确成长在一个好时代。当年我们虽然贫穷，却心怀梦想，有淘气的童年。

中村　就算生活在乡下，也能感觉到时代变化的气息。

伊礼　当时我还在上小学吧。那会儿冲绳还是美国管辖呢，在我初一那年才交还日本。我就记得冲绳的建筑物仿佛一下子都变成了混凝土楼房。好多混凝土房屋在美军基地拔地而起。我当时觉得那些楼房又漂亮又拉风。

中村　现在看也挺拉风的。

伊礼　那时用的都是质量很好的混凝土，所以房屋的寿命很长。我家在嘉手纳基地旁边，和缩小版的冲绳民宅差不多。那片地区颇有些外国人居住区的感觉，既有茅草屋顶的房子，也有铺着红瓦的房子，还有用混凝土建的房子。我每天都在砖瓦围墙和屋顶上跑来跑去，还去基地旁边看 B-52。我有很多手巧的小伙伴，地上又经常能捡到弹壳和火药什么的，所以我们常自己做手枪之类的东西玩。迸出的火花还能把牛奶瓶炸碎呢。这么看来，我们玩的东西跟日本其他地方的同龄人还真是不太一样。

中村　完全不一样。好危险的小朋友。（笑）

◎ 喜欢的体育运动

三人都是运动队员出身

伊礼　我记得中村老师上学的时候参加过运动队吧?

中村　嗯,我高中时是田径队的,主攻撑竿跳。县级的运动会一个人可以报三个项目,所以我就报了撑竿跳、三级跳和四百米接力。

伊礼　啊?! 真没想到您是练田径的。我上高中的时候也参加了田径队,主攻短跑和跳远。

中村　上高中时我真是一门心思练跳高,都顾不上学习了,课也不好好去上,搞得班主任认定我是铁了心要去体育大学。

竹原　你那会儿算个子高的吗?

中村　怎么会,正如大家所见,我就是这么个矮冬瓜。(笑)个子高的人练跳高特别有优势,因为他们握杆的位置都比普通人高。个子矮的人体重也轻,没法用弹性更强的玻璃纤维杆,在器材方面也很吃亏。所以

我没有去体育大学,而是选择了美术大学。其实我转投美术,不仅仅是因为体格——我也想过,要是上了大学还得成天出入一股子汗臭味的社团更衣室,一年到头都要穿运动服过日子,那可受不了。(笑)

决定不去体育大学之后,我才开始琢磨自己的出路,决定去美术学校。反正我从小就喜欢画画和做手工,就想往这个方向发展看看。

伊礼　我觉得体育和美术是有相似之处的。我也是从小到大只有这两门课一直能拿五分①。数学的成绩就惨不忍睹了。(笑)

竹原　擅长这两门课,可能是因为你们小时候经常在大自然中玩耍。我也练过棒球和足球。但跟你们不一样,我不擅长个人项目,更喜欢集体项目。

---

① 日本成绩单的评分体系为5分制,5分最高,1分最低。

◎ 选择"住宅设计"的理由

如何玩转"建筑家大富翁"

中村　建筑家自古以来就有一套固定的发展模式。先从父母家、亲戚朋友家或自己家做起——说白了就是先拿自家人当小白鼠，然后再以他们的"牺牲"为垫脚石，（笑）接手规模更大的建筑与公共建筑项目，最终成为国家级大项目的负责人，爬到建筑界的顶点。我把这种模式称为"建筑家大富翁"。但我始终在大富翁最开始的住宅区打转，一转就是几十年。进三格，退两格，进两格，退三格……有时候还要回到起点，反正是一直在建住宅。（笑）

我也认定了住宅就是我的主战场，所以觉得"这样就行了"。在我看来，"住宅建筑家"这个词还有一层意思，那就是"不以'大富翁'的顶点为目标的建筑家"。

伊礼　很多参与"大富翁"游戏的人都把住宅当作小白鼠。是宫胁檀老师在建筑界为住宅建筑家开辟出了一片天地。我觉得中村老师和竹原老师就是他的接班人。

竹原　我们上一代人里有安藤忠雄老师、伊东丰雄老师和石山修武老师。而我们这代人通过和他们拉开一定的距离，构筑起了属于我们自己的世界。我三十多岁那会儿参加过一次设计大会，与会的是来自日本各地的建筑家，来了将近一百人，都不到四十岁。大家讨论了建筑在社会中的意义，还有地方城市的职责之类的，确认了自己的立足之地，我也受到很多启发。因为到场的建筑家都还很年轻，还只能接住宅的工作。

中村　"大富翁"也许是成为顶级建筑家的正道，但也像是一场以飞黄腾达为终点的比赛。我有意识地和建筑杂志保持一定的距离，因为我想从激烈的竞争中抽身而出，用更平静的心态去面对手头的工作。走"弯路"也没什么不好的。

竹原　这不就是"弯路里的正道"嘛？（大家开怀大笑）

小住宅与大建筑

伊礼　我特别崇拜宫胁檀老师。毕竟我

当时身在冲绳，有感兴趣的建筑也不能说看就去看，所以只能靠他获取建筑界的内幕和比较有深度的信息。无论是什么杂志，只要上面有他写的东西，我就去图书馆研读，还会全部复印下来，归纳成册。当时复印一张纸要一百日元。我借此加深了对建筑的理解，也产生了专攻住宅的想法。谁知我一跟大学教授说想做住宅，他就批评了我，说我"志向太小"。

竹原 小？做住宅还算小？

伊礼 我当时就想，"啊？这话从何说起？"听说已故的建筑家永田昌民老师也有类似的经历。他的前辈们都说"住宅是给女人小孩玩的"，但他总觉得说得不对，坚持设计住宅。以前不还有个词叫"正式建筑"吗？混凝土做的公共建筑是正式建筑，住宅啦、木结构建筑啦都不"正式"，所以我也有过不希望被人称作"住宅建筑家"的时候，但现在已经不为这些烦恼了。再说了，我本来一直想做住宅，从学生时代起就没变过。当然，还有一个原因，我只理解得了"住宅"这个规模的东西，再大就搞不懂了。（笑）

中村 我是一九八一年自立门户的，没过多久就迎来了泡沫经济时代。那时的建筑朝着装饰过剩、豪华绚烂的奇怪方向一路迈进，而我特别厌烦这种倾向。我眼睁睁看着大家一味追求表现的新奇，却丢掉了经济观念、品格和谦虚的人性。就在这时，我在吉田铁郎的书里读到了这样一句话——"设计能让人大吃一惊的建筑也许很有趣，但这种东西只有真正的天才才能建造出来，人们对这类建筑也没有太大的需求。要是你不自量力去做这种设计，还以失败告终，就会给很多人添麻烦。建设'让人看着不讨厌'的建筑也是很重要的。"我看完觉得醍醐灌顶！这句话就是建筑家的"良心"，每个字都让我感动不已。甚至可以说，这句话拯救了我的灵魂。

我本来就没有什么野心，也不想设计什么富有独创性，或是标新立异的作品。不过读到这段话后，我的决心更坚定了。我希望自己能设计出真正"有用"的住宅，帮助那些委托我设计的客户过上更精彩的生活。

竹原 对我来说，住宅是我身边最重要的建筑行为。我很喜欢看看书，在学习之余构思一下建筑方案什么的，还不时画个草图。在石井修老师手下学习的时候，我参与的几乎都是住宅项目。这些项目里没有高大的建筑，最高也不过是九层楼的房子。老师的事务所是没有销售的，只能耐心等待委托人找上门来。在这种状态下，也不可能接到很大的项目。

伊礼　在丸谷博男老师那儿工作的时候，我设计过两栋八层高的学生公寓。当时最让我头疼的就是周围的街坊邻居了。他们会把我叫过去，让我"解释清楚"，末了还要发一通莫名其妙的牢骚……我的主要任务成了交涉谈判，而不是设计创造。从那以后，我就下定决心再也不做公寓楼了。

竹原　话说建筑界有一种说法——能设计好装电梯的楼房，就算出师了。

伊礼　我也听过。装电梯的楼房说白了就是五层以上的建筑吧。当时也刮起了一股"大建筑要用混凝土"的风潮。

竹原　现在回过头来想想，我们年轻的时候，各方面的建筑标准还没有那么严格。

不必像现在这样用几何学知识和 3D 软件演算，也能把楼房盖起来。可现在就没那么舒服了，很难把小建筑改成大建筑。

中村　我觉得，我们只要做适合自己的就好了。不要逞强，也不要发怵。当然，有时候你不"踮脚"就拿不到大项目，但我从来不做这种事，所以接的都是和我的能力相匹配的工作。我始终认为，我的能力和心态与住宅设计这份工作是非常吻合的。

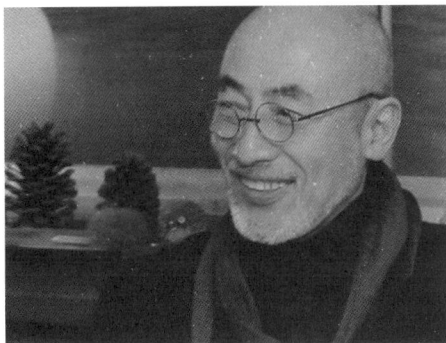

对竹原义二的第一印象是？

中村——
炯炯有神的眼睛
有瞻力，但不咄咄逼人

伊礼——
日本的卡洛·斯卡帕!!

◎ 建筑家的资质

音乐细胞、美术细胞、建筑细胞

竹原　很多人误以为，要从事和建筑有关的工作，就得有与众不同的经历，或是亲眼看过很多建筑杰作，但我觉得并不一定。即便大家看的是相同的东西，关键也在于你从中感悟到了什么。

伊礼　没错没错，老有人问我："这个建筑一定要去亲眼看看吗？"可我觉得世上没有什么非看不可的建筑。我出生长大的房子就很小，但并没有对我的设计工作产生负面影响。对建筑家这种职业来说，最关键的还是"你觉得什么东西有意思"。

中村　要成为音乐家，就需要从小接受所谓的"精英教育"，但当一个建筑家貌似不需要满足这方面的条件。据我所知，从小接受建筑精英教育的建筑家只有弗兰克·劳埃德·赖特。

伊礼　从高中阶段开始学习设计，设计水平就能大幅提升了吗？那可不一定。记得中村老师说过"手巧的人做设计会越做越好"，我也有同感。

中村　啊？我还说过这种话？不过嘛，笨手笨脚的人的确不适合干这行……

伊礼　这可能是因为手巧的人能把"思维"和"动手"联系起来，同时进行验证与改善，也能品尝到创造带来的乐趣。

竹原　我认为建筑家需要具备一定的"综合实力"。说它难度高，倒也没错，但我有时候也会想，既然别人做得了，那我肯定也做得了！（笑）

伊礼　做建筑的人有很多事情要考虑，也有很多东西要放弃。我们要把错综复杂的整体统筹好，但这份工作光靠一己之力是做不了的。而且"不用亲自动手"也是建筑家这份工作的一大特征。

中村　嗯，从这个角度看，建筑家还真有点像电影导演。可就算不用亲自动手，也不是人人都适合做设计的。当画家要有美术细胞，当歌手要有音乐细胞，做设计当然也得有建筑细胞。没点建筑细胞还真不行。比如路易斯·康，他写的书、说的话都太哲学了，很是费解，但我第一次看到他的作品，就清楚地感知到了他的建筑细胞，大受感动。

竹原　嗯嗯，是得有建筑细胞。可要是有人问"建筑细胞到底是什么"，我还真说不出个所以然来。不过嘛，在积累经验的过程中，努力追寻建筑的本质，应该就是建造好建筑的捷径。

伊礼　有建筑细胞的人，大概就是能领会美感的人，比如说大多数人一看就觉得"美"的黄金比例。

中村　用音乐打个比方吧。一个人只要接受了正规的音乐教育，就能按照乐谱演奏乐器，或是把歌唱出来，对不对？但你演奏出来的乐曲，唱出来的歌真的能吸引听众、感动听众吗？那就是另一码事了。我觉得要打动人心，没有音乐细胞是肯定不行的。建筑也是一样的，没有建筑细胞肯定做不好。有些建筑家声名远扬，但我们能感觉到"这个人大概没什么建筑细胞"，对吧？能照着乐谱把曲子唱出来，却让人感觉不到音乐细胞的建筑家。

你问我说的是谁？比如……哎哟，我还是不点名啦。（笑）

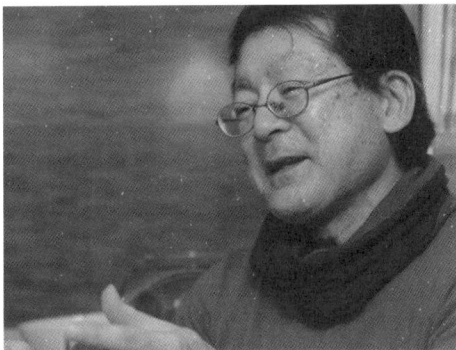

对伊礼智的第一印象是？

中村——
爽朗的自我意识

竹原——
振幅大，但落地很稳的人

◎ 旅行建议

旅行让建筑家进步

中村 对建筑家来说，旅行具有非常特别的意义。勒·柯布西耶、路易斯·康等名家的作品都受到旅行的影响，他们的建筑思维也在旅途中得到了深化。再看日本的建筑大师，吉村顺三老师上初中的时候就开始旅行了，安藤忠雄老师也是年纪轻轻就踏上了寻访建筑的旅程。我们可以说"建筑家能在旅途中学到东西"，也可以说"旅行让建筑家进步"。所以我上学的时候也经常去旅行。当然，那时出一趟国不容易，所以我基本都在国内跑，只坐火车和大巴。起初还去参观当时比较受关注的现代建筑与近代建筑杰作，可没过多久，我就对车窗外的民宅与村落产生了更浓厚的兴趣，开始专看那些东西。今和次郎老师的书对我产生了一定的影响，不过结识民俗学大家宫本常一老师之后，我的视点就产生了转变，对旅行的热情也上了一个台阶。

竹原 在七十年代，去一趟欧洲特别费事。机票很贵，路上花的时间也很长。所以大家为我举办了盛大的送别会，我还跟亲戚朋友喝了一杯诀别酒。不过这样的远行是非常有价值的，因为映入眼帘的一切都很新鲜。我的脖子上挂着相机（尼康 F2），上面装的是二十八毫米的移轴广角镜头，里头装着柯达的反转片胶卷。（笑）

中村 我是在二十五六岁的时候开始攒钱挤时间飞欧洲的。那时我是囊中羞涩的背包客，住的都是便宜的破旅馆，但是有一天，我忽然意识到"建筑家的旅行不能这么进行"。比如说窗帘吧，最便宜的旅馆是没窗帘的，但要是选稍微好一点的旅馆，就能住上有窗帘的房间了。再好一点，窗帘上就会装饰流苏，拉成 K 形。再上去一个档次，窗帘的颜色就会和墙纸相匹配，而且拉成 R 形……单单一个窗帘，就能让我们窥探到人们对居住环境的态度与文化的厚度。当然，每晚都住好房间是不现实的，所以我有意识地改变了旅行的方式，先住三天差的，再搭一天好的。不能一门心思想着省钱，在旅行中学习，如饥似渴地吸收知识才是最重要的。为了达到这个目的，就不能太抠门。把心态

下次想去哪个国家瞧瞧？

中村——
古巴

竹原——
秘鲁，马丘比丘

伊礼——
喜欢亚洲。亚洲的乡下不错

调整过来之后，我养成了带一套像样的衣服出门的习惯，因为住得好了，总得穿得人模人样一点。起初我净往欧洲跑，但美国的查尔斯·摩尔的西兰奇共管公寓和查尔斯·伊姆斯的自宅等作品也对我产生了很大的影响，于是逐渐开始往美国跑。过了四十岁，我才亲眼见到路易斯·康的作品。

从住宅杰作中学到的东西

竹原 说起路易斯·康，比起费舍尔住宅，我更喜欢埃西里科住宅。后者的比例美极了，亲眼看到它的时候，我特别感动。站在马路上看它，有一种节奏感。正面和背面有不同的表情，也是它的一大特征。

中村 啊，那个作品是不错。我去参观过两次，觉得它的服务空间与被服务空间分得特别清楚，这一点做得非常好。

在美国的住宅中，我最喜欢的是案例住宅的 1 号和 11 号。这两栋出自尤里乌斯·拉尔夫·戴维森之手，堪称小住宅的杰作。我记得先建成的是 11 号，1 号反而比它晚。我

特别喜欢这两栋房子的方案，简直爱得不得了，恨不得把 11 号的平面图设定成 iPhone 的壁纸。（笑）

竹原 我也很喜欢查尔斯·摩尔的住宅作品，尤其是他的自宅，建筑空间有一种不可思议的连续感，还有许多分不清是外部还是内部的模糊平面与截面。这个作品对我的影响很大，让我体会到了平面的自由，还有构思内外关系的乐趣，更让我清楚地认识到小建筑也有大梦想。我们这代人都受到了这些住宅杰作的影响。

中村老师不是有一本书叫《意中的建筑》（新潮社出版）吗？我特别喜欢这个标题。书中有你走访建筑的笔记，还收录了很多写生图。看了这本书，我就想："哦，原来你是这么看的啊。"我们看到的明明是一样的东西。看完这本书，就会产生想去旅行的念头。

中村 我属于不会被大众的观点与评论牵着鼻子走的那一类人。比起出色的评论与定论，我更相信自己的所见、所感和所想，也更重视作品留给我的印象。去参观萨伏伊别墅（勒·柯布西耶的作品）的时候，我发

147

现窗台上有一道大约大拇指宽的小沟，上面还开着铅笔粗细的漏水口。有了这些机关，雨水就能把窗台上的垃圾和尘土冲走，保持墙壁的白净。人们分析萨伏伊别墅的时候总是围绕"建筑五要素"①，但柯布西耶不仅建造了一栋神似"装了窗户的豆腐"的建筑，还想办法防止它变脏。我觉得他这层心思是值得我们肯定的。从来没人写过窗台上的机关，去实地考察过的人也没有提起它们。亲眼看过之后，我才发现柯布西耶考虑过如何保持这栋白色建筑物的白净，对他的看法也产生了一定的变化。

伊礼　拉罗歇住宅也是这样的。

中村　没错，拉罗歇住宅。吉纳瑞特·佩雷特别墅的玄关房檐上面也有类似的机关。还有，我发现萨伏伊别墅屋顶花园的窗户有一个地方怎么都摆不平，是用灰色的油漆糊弄过去的，这样站在远处就看不出来了。这种小发现让我特别高兴，我会想："哦，做成这样了，所以他就这么糊弄过去了"。（笑）

这么一想，柯布西耶就不是高高在上的大师了，我会突然觉得他分外亲切。

无名建筑的魅力

中村　我是从二十五六岁开始出国旅行的，但是走出国门之后，还是觉得街道和村庄，还有当地人的生活最有意思。我的视线会不由自主地飘向那些无名建筑。

伊礼　在外国也是老城、老街更有意思。我觉得老城区浓缩了当地的文化与生活方式，特别耐人寻味。

竹原　以前有过一本畅销书叫《没有建筑师的建筑》（伯纳德·鲁多夫斯基著，鹿岛出版会）。我也是更喜欢在城镇、村落形成的过程中自然成型的建筑，而不是建筑家刻意创作的东西，于是渐渐对民宅产生了兴趣。

为了寻找旅行的线索，我经常去旧书店逛逛。遇到过伊藤郑尔老师的著作，书中的照片是由二川幸夫老师拍摄的，负责装帧的

---

①在1926年出版的《建筑五要素》中提出的概念，分别为底层架空柱、屋顶花园、自由平面、自由立面以及横向长窗。

喜欢的书是什么?

中村——
井伏鳟二、丸谷才一、须贺敦子、吉田秀和、洲之内彻
中谷宇吉郎、芥川比吕志、艾伦·西利托、弗雷德里克·福赛斯……

竹原——
立原正秋的《归路》《日本庭园》

伊礼——
随笔集、短篇……因为我不是很有耐心

则是田中一光老师。内容是关于茶室式住宅和日本建筑的，特别棒。三人的力量在书中凝聚起来，却保留了三人三样的风格。（笑）我看着书中的建筑与民宅照片，思索它是从哪个角度拍的，然后再去实地看一看，换个角度自己拍拍看。

伊礼 画图也是一样的，要一边思考构图一边画。有很多东西只有画个缩略图，再实际测量一下才能发现。测量外国的著名建筑可能比较难，但国内地方城市的民宅也能给我带来意料之外的发现。比如冲绳的伊是名岛上有一栋朴素而美丽的民宅，叫"铭刈家"。我画了它的截面图，又测量了它的尺寸，发现从地面到檐头是 2.1 米长。我意识到，把高度做成这样，房子就会显得更美观，于是立刻把这个尺寸用在了实际的工作中。

竹原 我这人有个毛病，同样的地方要去好几次。普通人去一次就差不多了，可我不行。上一次走的这条路，下一次就要换一条路走走，看看有什么不一样。而且建筑留给我的印象会随着我的心态变化。第一次看

的时候，只是单纯觉得它很美，第二次再去，我就会思考，为什么过了这么久，它还是这么美。视角会逐渐变化，理解也会一点点加深。为什么要反复去同一个地方呢？因为我还小的时候，大人们总是一次次带我去相同的地方。我虽然会想，"老去一样的地方真没意思"，但在这个过程中养成了从不同的角度进行观察的习惯，跑到后面瞧一瞧，走到侧面看一看，换一种方法去品味在那个地方的时间。

中村 啊，我也会一次又一次往喜欢的地方跑。看电影也是，喜欢的电影会反反复复看好几遍，看到滚瓜烂熟，都能把台词复述出来的地步。喜欢的书也会翻来覆去看好几遍。比起看很多书，我更喜欢把一本书看很多遍。喜欢的画作也会去欣赏好几次。菲利普·约翰逊位于纽卡纳安的自宅我去了足足四次，摩尔的西兰奇共管公寓我也去住过好几次。我这人的性格也真够执着的了。（笑）

◎ 喜欢的尺寸

尺寸感与模数感

中村　建筑家都有自己特别喜欢的材料与配置，也有特别喜欢的尺寸。通过实地测量多加训练，就能逐渐掌握尺寸感了。即便是现在，我出国旅游的时候还是会动手量一量酒店房间的尺寸。进屋之后先目测一下，然后再用工具丈量。面积是比较容易目测的，因为床的长度一般都是两米，拿它当比例尺就行了。比较难的是天花板的高度。目测是四米，实际量出来常常有四米五。我会一边测量，一边观察窗户与墙壁的平衡，还有光线射进房间的路径什么的。卫浴的尺寸和人的身高有很大的关系，测量起来特别有意思。

伊礼　我也是，看着觉得好的，我都会画个缩略图记录下来。不是先量再画，而是先画，然后只量想知道尺寸的部分。虽然先画图容易弄错比例，但画好之后再测量，才更容易意识到，"啊，因为这边是这个尺寸，才能有这样的效果。"

养成这个习惯，是因为上学那会儿，吉村顺三老师教导过我们，"光觉得一个东西好还不行，得进一步思考它为什么好。"看到好东西时不动脑筋，就不会有进步。

竹原　当年石井老师带我去参观建筑的时候，我也问过他实地测量有什么诀窍，他告诉我："看的时候一定要动脑子，否则就看不到本质。"看的时候动不动脑子，会对最后的收获产生巨大的影响。拍照有一个对焦的环节，视野自然就窄了，而实地测量的视野要比拍照宽。关键就在于"如何把握全局"。必须在只走了三两步的情况下瞬间抓住建筑的整体，然后一边看全局，一边看部分。石井老师会让学生们分工合作，"你量这里，他量那里"，事后再汇总一下。当年我们做了很多这方面的训练。

我当年练的是用 T 尺画平面图，徒手画缩略图（草图），比例是一比五十。所以这个比例完全融入了我的手感，我能凭感觉知道一比一百大概是这么大，一比五十大概是那么大，就跟实际丈量过似的。而且我做了几十年设计，那些尺寸早就装在脑子里了。不过现在我们都改用 CAD 了，尺寸感可能已经退化。我的学生也是一点尺寸感都没有，真是太可惜了。这

对你而言，什么样的地方才是"舒适的地方"？

中村——
能看到海的地方、能烤火的地方、能吹到风的地方
有美食的地方、有酒的地方、有好友的地方

竹原——
101 号屋

伊礼——
舒适就在开口处附近

恐怕是因为他们不会手绘图纸，培养不出尺寸感，而且他们也不是在铺着榻榻米的房间长大的，自然也没有了模数感。

伊礼 那您有独特的模数吗？我感觉大家用的基本都是按尺计算的模数[①]吧。

竹原 我有竹寸（竹原尺寸）哦。（笑）

伊礼 不是 910，而是 909？

竹原 我用的是关西的尺寸。3 尺 1 寸 5 分（955）取整成的 960、1920、2880 和 3840。这些数字都能用 3 整除，可以按尺来计算。

伊礼 这是芯[②]到芯的尺寸吧。这就是关西尺寸跟关东尺寸的不同之处。910 是关东的尺寸，但 909 里有两个相同的数字，显得更有美感。中村老师也在用 909、1818、2727 这样的尺寸吧？

中村 我倒没有特殊的模数，但喜欢能被 3 整除的数字。能整除多爽快啊，而且数字的排列好像也很有美感。（笑）日本建材的基本单位就是"尺"，用能被 3 整除的数字还有一个好处，不容易浪费材料。

竹原 奇数有奇数的美。曲尺背面的刻度里也有它独特的美[③]。等腰直角三角形的边长比就是 $1:1:\sqrt{2}$。所谓的"拉斜线"，就是做出 45 度的底角，这个手法在日本建筑中发挥着重要的作用，所以我经常使用 $1:\sqrt{2}$ 这个比例。把它画出来的时候或是看到这个比例的时候，我都会想："啊，这个尺寸真不错。"

伊礼 在杂志上看到建筑图纸时，我都会下意识地思考"这尺寸是从哪里来的"。因为设计的灵感就隐藏在其中，要是能搞清"啊，原来是根据这一点确定的尺寸"，就很有成就感了，还能学到不少东西。

---

①在日本的传统面积体系"尺贯法"中，1 尺 = 303mm，3 尺 = 半间 = 910mm，6 尺 = 1 间 = 1820mm，下文提到的 910mm 就是日本建筑的基本模数。
②墙壁、柱子的中心或中心线。
③曲尺背面刻度为 10 的位置约为 14.1 厘米，正好呈 1:1.41 = 1:$\sqrt{2}$ 的关系。

◎ 关于设计的标准化

标准化体现了建筑家的创作风格

竹原　我对伊礼老师的标准化很感兴趣。我们能通过"标准化"确保一定的施工质量，对吧？这可真是了不起。

伊礼　要是没有标准化，不同的负责人做出来的效果会差很多，这让我受不了。我搞标准化的初衷，是为了解决这个问题。

中村　我对标准化不是很感兴趣。因为我个人觉得，可能会有很重要的东西在标准化的过程中流失。不过我也有特别喜欢的配置，如果那也算标准化，我大概也执行过标准化吧。

伊礼　只要给我一张照片，我就能立刻看出那是中村老师设计的房子。竹原老师的房子也是。

中村　啊，那不是标准化，而是"千篇一律"。（笑）

伊礼　不不不，（笑）我觉得之所以能看出来，是因为您有自己的"经典设计"。明明是完全不同的住宅，却能一眼看出设计者是中村老师，这样其实很好。

竹原　我觉得标准化是可以做的，不过还没有摸索出理想的标准化是什么样的。我的标准化和伊礼老师的标准化应该不一样。

伊礼　我也这么觉得。我认为如何尽可能减少失误，保证施工质量是很重要的。先打好这个基础，然后再进行新的挑战。

竹原　要是让我们三人各造一栋标准化住宅，会造出什么样的房子？在预算、平面跟立面都完全相同的条件下，要是使用的材料不一样，细节也不一样，那最后造出来的东西绝对不一样。这才叫"三人三样"呢。

伊礼　啊，这主意不错！有没有建筑公司赞助我们把这个项目搞起来。（笑）标准化这个词挺容易被人误会，要是把建设住宅比作做菜，那标准化就相当于做菜的准备工作。假如两个人都用普通的大米煮饭，一个是淘好米之后先把米泡一小时再煮，另一个是淘好之后立刻就煮，米饭的味道显然不一样。所以我才想通过标准化来实现谁来施工都能确保一定水平的质量。我觉得这就是所谓的风格。标准化就是明确竹原老师的风格是什么，中村老师的风格又是什么。

中村　我感觉我并没有特别鲜明的风格……

竹原　你明明是最应该有风格的那个。

伊礼　中村老师有坚定的价值。我们在讨论的就是您的价值是什么。

中村　是什么呢……说不定是思维模式跟口味，因为这些东西是绝不会变的。

竹原　日语里有"利休所好"①这样的说法，而我们事务所的人经常用"竹原所好"这个词。就算有人说我只会那老一套，可那就是我的口味呀。我觉得客户委托某个建筑家设计，也是因为他认可这个建筑家的口味。明确价值观，就是确立建筑家的创作风格吧？

中村　因为建筑必然会释放出设计者特有的味道。

伊礼　嗯，我也觉得创作风格就是这么回事。

中村　我喜欢的建筑家都能让人从建筑中感觉到他的体温，闻到他的味道，听到他的声音。这和我刚才提到的建筑细胞也有共通之处。建筑家的创作风格来源于他的体质，他的血肉会转化成自己独特的风格。所以这个东西不是逻辑性的，而是感性的，唯物的，因此我怎么都看不懂所谓的唯心式建筑。

伊礼　我认为建筑家不能一味强调"这是我这个建筑家的作品"，也要做好标准。然后在这个基础上表现出鲜明的风格就行了。

竹原　标准化其实就是建筑的规矩对吧？从这个角度看的话，就能理解每个人的个性都是鲜活灵动的。

伊礼　我还觉得自己很懂二位老师呢。（笑）其实二位都在做隐形的标准化，只是自己没意识到罢了。创作风格就是设计者的规则与价值观，而我把这个概念解释得更加清楚，还用标准化这个说法进行了概括。

---

①意为千利休喜欢的风格、器具与色彩。

◎ 变老

人与住宅都会老去

中村　大家都说人是五年一变。周围的环境会变，身体也会有变化。小学生过了五年就会变成高中生。幼儿、小学生和青少年有巨大的差异，所以孩子的成长也会对住宅产生非常大的影响。

伊礼　孩子成长带来的变化的确很大。

竹原　一个人周围的东西多半会在十年的岁月中产生变化。夫妇的卧室布局会变，院子里的树木也会长高。所以我在设计的时候总会考虑到十年后会变成什么样，二十年后又会变成什么样。作为住宅的设计者，我们理应设计出能根据人的变化调整居住方式的住宅。现代人往往倾向于选择那些不需要养护维修的房子，但我想问问大家——"您的房子是不是和您一样在慢慢变老呢？"能和家里人，还有周围的环境一同改变的房子是很有吸引力的。

中村　因为长寿的住宅不光要有过硬的物理条件，还得巧妙地变老。要让客户舒舒服服住上二十年，甚至是三十年，那设计的

时候就要充分考虑到二三十年后的情况。天气也是，不能光考虑晴天时的效果，还要把雨天和大风天的效果也考虑进去。我认为住宅设计工作应该建立在把这些元素都把握好的基础上。我们要打造的不是能让人大吃一惊的房子，而是能让人舒舒服服住上一年三百六十五天、岁岁年年的房子。我觉得只要做到了这一点，最后造出来的就是很"安稳"而不是很"敏感"的住宅了。

竹原　最近我做设计的时候总会不由自主地想，客户一家十年后会是什么状态，而我自己又是什么状态。年轻时我从没想过这些。可现在还会想，我离开这个世界之后，这栋房子和这个家庭会变成什么样。

中村　我也是，尤其是提到 LED 灯的寿命的时候。一听到"这种LED灯能用二十年"，我就会想："啊……换灯泡的时候，我大概已经不在了。"

竹原　可不是嘛。（笑）所以我会有意识地找那些能提供后续服务的建筑公司。

建筑家要是上了年纪……

伊礼 话说二位觉不觉得上了年纪之后，设计起来变得更果断了？现在想想，我年轻时真是干了不少傻事。（笑）二位觉得现在的自己和年轻时有什么变化吗？我的设计风格本来就比较朴素，所以表现手法没有很明显的变化，不过在积累经验的过程中，我感觉自己感知事物的方式，还有看待事物的观点在慢慢改变。

竹原 我年轻时喜欢白色和灰色的现代建筑，但最近开始觉得，颜色鲜艳的东西也不错。我意识到，要让住宅显得好看，颜色也是一个关键的元素。近来在家里做和室的人越来越少了。没有和室，自然就没有了可以装饰鲜花的壁龛。习惯用花朵装点西式房间的人也不多了，大家几乎没什么机会享受颜色带来的乐趣。于是我尝试着把色彩这种美配置在住宅中。颜色也会随着时间的流逝慢慢变化，而变了样的颜色也有独特的美感，不同于单纯的漂亮与美丽。色彩也是一种能在时间轴上呈现出美感的东西。我最近在这方面特别有感触。

中村 这也是你通过多年的努力达到的一种境界。我离这种境界就差远啦，从来不在建筑里使用色彩。标准配置就是地面是木地板的颜色，墙壁是硅藻土或灰泥的白色，天花板刷成白色。有时也会把厨房台面以下的部分刷成黑色，但屋里的颜色充其量就那么几种。

伊礼 有些建筑家是越老越有味道，比如村野藤吾老师。还有些人是年轻的时候在细节上很花心思，但上了年纪之后就逐渐省去了这些功夫。永田昌民老师后期以"通用性"为关键词。关东的建筑家往往都是越老越好，但他们的童心永远都不会枯竭。

竹原 路易斯·康五十岁之后才开始发表作品。设计这份工作是需要做准备的。

中村 菲利普·约翰逊以玻璃之家在业界出道的时候都四十三岁了。他起步也比较晚。

伊礼 吉村顺三老师在五十四岁那年才设计出了人称杰作的山庄，成名的时间也很晚。

竹原 这也说明之前的积累很重要啊。

◎ 初次接触

起初必问的问题

中村 据说客户第一次联系建筑家的时候都会很紧张。我的客户有写信的，有打电话的，当然也有发邮件的。前些天我还碰上一个更直接的，突然找上门来跟我说，"请您帮我设计房子吧。"大有不成功便成仁的架势。无论客户用的是什么联系方式，我们都能感觉到他们下了多大的决心。不过有些客户见到我之后，就像有人给他们驱了鬼似的，露出轻松的表情，心想："搞什么，原来中村好文就是这么个糟老头啊。"（笑）

伊礼 中村老师和竹原老师的工作成果是有目共睹的，客户也能大概想象出，"我要是委托他来设计，大概会设计成什么样。"我觉得这一点相当关键。在我年轻的时候，客户总以为我会完全按他想的来设计，可我这种还没什么像样工作成果的建筑家，总会寻思要怎样才能实现自己真正想做的设计。矛盾往往就是从这里来的，我年轻时在这方面吃了很多苦头。

我在二〇〇四年开通了博客。被杂志介绍的次数再多，也没法把我的价值观完完全全地传达给大众。我心想，靠别人不行，那就只能靠自己了，于是开始写博客。现在有很多客户都是通过博客找到我的。他们一直在看我写的东西，所以在联系我的时候，"洽谈"这个环节几乎已经完成了一半。我之所以提倡标准化，也是为了明确价值观。只要确定了明快的创作风格，纠纷就会大大减少。因为我一直在宣传"我只能做出这样的东西哦"，（笑）想要的成品和我的创作风格差很多的人就不会来委托我了。

中村 我不光出版了作品集，还出了很多其他类型的书，所以委托我的客户里有很多都看过我的某本书，甚至有几乎每本书都看过的。不过，无论客户是不是我的读者，只要双方能建立起信任关系，也合得来，住宅建设工作通常就很顺利。

竹原 我最近也感觉是不是得开个主页了。很多人都说，要是委托我设计，建筑成本大概会很高。这话从何说起。不在主页上写明"价廉物美"，是不是就接不到活了。（笑）

伊礼 我也会明确写出我的设计费是多

少，委托我要花多少钱。这样双方都好办。有人来咨询的时候，我总是一开口就说："您的预算充裕吗？不到这个数字恐怕很难。"（笑）有一次我接到了一份工作，一时激动，立刻请人家来洽谈，可见了面之后才知道，地是三十坪，对方的要求是总施工费用要控制在一千万以内。我立马告诉他"谁都干不了这差事"，请他回去了。所以我总跟客户先谈钱。

中村 工期也要提前说清楚。我设计的项目一般都会一延再延，这一点也得跟客户说清楚。（笑）

竹原 还有就是……我会问对方："您为什么想要建房子？"

中村 人家都说了要建房子，你还问这个？（笑）

竹原 一问这个问题，话题往往就会发展到客户的私生活，比如要照顾老人啦，继承的遗产如何如何之类。

在客户看来，建筑家是"第三者"，在这样一个外人面前，他们反而能说出真心话来。客户的烦恼跟设计有密切的关系，我肯定不能置之不理，所以我们建筑家在某些方面并不是"住宅的主治医生"，更像是"人生的主治医生"。围绕设计的洽谈常常会演变成谈心诉苦，我有时候都纳闷，为什么要担起这么重大的责任来。（笑）

而且建房子不一定是客户全家一起做出的决定。只有丈夫想或是只有妻子想的情况也不少。所以第一次洽谈，我都会要求客户夫妇一起出席，可能的话把孩子也带上。如果客户住在地方城市，我就不会跟他们约在事务所，而是会选择京都的寺院之类的地方见面。很多夫妇度完蜜月后就没再一起旅行过，我希望他们能抱着旅游的心态出门。在旅途中，夫妻俩会对住宅进行第一次深入的探讨。对客户夫妇而言，这样的探讨也可能为他们带来新的发现。

要是全家能通过沟通交流达成一致，用积极乐观的态度看待建房子这件事，那就更好了。这种家庭关系的修复，也是建设住宅的重要环节。

◎ 洽谈

通过洽谈寻找设计灵感

中村 我跟客户经常是一边吃喝一边谈设计。当然，不是每次都能这样。在饭桌上，很容易聊到设计之外的事情。书啊、电影啊、旅行啊、兴趣爱好啊、家人啊……设计的灵感往往就隐藏在这样的闲聊里。

伊礼 奥村昭雄老师曾说过，"客户找上门了，就先让人家等一年。愿意等的就是好客户。你要利用这段时间多跟他喝喝酒，拉近双方的关系。"可我就是受不了让人家没完没了地等着，因为我是个急性子呀。（笑）有些建筑家要跟客户谈上足足二十次，但我一般只谈四到五次。我觉得谈这么几次就够了，那些完工后依然跟我保持着良好关系的客户，基本都只谈了三次左右，有几个客户的总洽谈时间甚至只有三四个小时。

中村 这也要看客户。洽谈的次数和成品的质量不一定成正比。同理，花在设计上的时间和最后的效果也不一定成正比。我这人好像会在洽谈的时候下意识地观察客户。比如客户的穿衣品味啦，举手投足啦，喜欢

吃什么东西啦……当然，这么观察有时候也会让我栽跟头。有一次，我接待了一个打扮得非常时髦的客户。每次洽谈，他都会穿不同的鞋子来。我就想，这个人肯定需要收纳鞋子的空间，就在房子里做了个大鞋柜。结果人家跟我说："我想趁着建新房的机会改一改自己的生活习惯，把多余的鞋子处理掉了，只剩了六双。"（笑）

竹原 聊一聊绿化，也能有很多发现。比如，要是种了落叶树，就会有掉叶子的问题。看看客户对这个问题的反应，就能推测出他能跟左邻右舍建立起怎样的关系。当然，大多数人不想给邻居添麻烦，所以对落叶树比较抵触。但是能不能为了克服这个问题深入探讨种植的位置和植物的种类，也是非常重要的。在这个过程中，我们能看出很多东西来。

而且树木是会生长的。在讨论绿化的时候，你就能看出客户能不能想到五年后，乃至十年后，是不是只考虑到了眼前。客户对打理植物的看法，也能体现出他之前的生活方式。客户看待这个问题的态度，其实就代

表了他对住宅的态度。要是他问我："谁来打理啊？打理起来很费钱吗？"我就会想，这人是不是只想建个房子呢？他建房子的目的到底是什么呢？只想要个房子的话，直接找大型开发商也许更合适。我还会想，"我真的应该为这个人设计住宅吗？"我就是这样摸索客户和自己的交集的。

伊礼 客户毕竟不是专家，很多人都没有正确解读自己要住的那块地，反而列了一堆八竿子打不着的要求。所以我都会在刚开始的时候告诉客户，把各种要求硬塞到房子里并不好，根据地皮的实际情况重组那些要求，才能住得更舒服。客户的要求很重要，但贴合地皮的实际情况也很重要。

有时候，一个小小的契机也能衍生出巧妙的设计。我为两位女漫画家设计过一栋房子。她们平时都是一起作画的，于是打算一起出钱建房子，建好之后一起住。住宅用地是很普通的正方形，但我沿着地皮的边界，建了一栋 1.5 间宽的 L 形房子。为什么呢？因为她们养了猫，我就为猫咪创造了一条尽可能长的活动路线。做成 L 形还有一个好处，

就是两位漫画家能保持一定的距离，享受属于自己的空间。而且这么一设计，每个房间的采光都很好，两位客户特别满意。这个例子里的小契机就是猫。

三人齐聚伊礼事务所，开起了座谈会。竹原老师的发言热情洋溢，旁边的两位老师听得很投入。

◎ 客户

就跟多了几个亲戚似的

竹原　我在这行干了将近四十年，现在再说"我跟客户构筑起了很不错的关系"，才有些底气。年轻的时候，"我想建这样的房子"的念头总会冲在前头，积累了一定的经验，设计出来的建筑就显得温和了。

中村　我们俩的年纪已经比较大了。从某种角度看，年纪大了，跟客户沟通起来反而更容易。我最近接待的客户几乎没有比我更大的，都是二三十岁的年轻人，跟我的孩子差不多大。所以我总感觉自己像是一个在给侄子侄女设计房子的伯伯。意见不统一的时候，我也会温柔地劝道："哎呀，伯伯不会害你的，你就听伯伯的吧。"（笑）

毕竟客户跟建筑家不是相互对立的关系，而是同舟共济的命运共同体。要是双方都固执己见，那肯定是要起冲突的，但客户要是能理解"我是在竭力设计你的家"，那就没问题了。"建筑家是在用心设计我的家呀，他把专家的自尊和信念都赌上了！"——只要客户能这么想，那就行了。要是建筑家乘

虚而入，或是用花言巧语欺骗客户，以满足自己的建筑野心，那冲突就是不可避免的了。这种不幸的案例我听说过好多，基本上都是建筑家的自以为是害惨了客户。

竹原　我遇到过这样一件事：房子刚建好的时候，客户家的孩子还在上初中。几年后，他们告诉了我一个好消息，说当年的初中生考上了大学，学的还是建筑专业。这也从侧面体现出了我跟客户的关系有多么深。有时我还会受邀参加客户孩子的婚礼呢。（笑）建设一栋住宅，就跟多了几个亲戚似的。

中村　我跟很多客户在房子建好之后也常常来往，跟家人至交一样亲。当然，不是每一个客户都能这样。在某次展示会的庆功宴上，我环视四周，发现到场的所有人居然都是我的客户。（笑）房子出问题的时候，客户肯定会联系我，不过对客户来说，设计住宅的建筑家就跟"住宅的主治医生"差不多吧。

伊礼　当然啦，有些客户会一直跟我保持来往，有些客户则会渐行渐远。我经常和那些走得近的客户一起聚餐，也经常有客户

喜欢的电影是？

中村——
太多了，根本不够写，就只列我 25 岁之前第一次看，现在也会反复观看的电影吧。《第三人》《偷自行车的人》《一个男人和一个女人》《2001 太空漫游》《相逢何必曾相识》《七武士》《麦秋》《蜂巢精灵》

竹原——
雅克·塔蒂导演的《玩乐时间》《聪明笨伯古惑车》

伊礼——
宫崎骏的动画电影

对我说："有空带着你们事务所的人来我家玩呀。"跟负责施工的建筑公司的人走得更近的客户也有不少。建筑师信任的建筑公司都很懂住宅，也会不时给点专业意见什么的。我大概也能被归到这一类里。常有建筑公司的社长和员工请我设计住宅。如果客户也是业内人，就很容易发展成多年的友谊。

◎ 撞到的"墙"

阻挡新锐建筑家的高墙

中村　我是三十二岁那年自立门户的，独立三四年后，我想在杂志上发表自己设计的住宅，就带着幻灯片去了《新建筑》杂志社。接待我的年轻编辑随便翻了翻，说："我拿回去跟编辑部的同事讨论一下。"于是我把东西交给他带回去了。谁知几个月过去，还是杳无音讯，估计人家直接把材料撂在一边忘记了。我打电话到编辑部说："如果贵社没有刊登的意向，那我就要收回那些照片了。"到了这个份上，对方才表示："我也不确定能不能登，但可以先去拍一下照片。"可是照片拍完之后，编辑部又很久没搭理我。我忍无可忍，直接打电话过去说："算了，我不发表了。"对方才十万火急地把我的作品登出来。这栋一波三折才得以发表的住宅，就是拿到第一届吉冈奖的"三谷先生的家"。从我拿着幻灯片去杂志社，到住宅登上版面，足足有一年半的时间。

三谷先生的家不具备让人大吃一惊的新奇性，也没有什么独创性，更没有话题性。什么亮点都没有，也难怪杂志社看不上了……我这人不是急脾气，平时也很少烦躁，但那时着实气得不轻，心想"报刊界可真够恶心的"。我还意识到，我追求的普通住宅在日本的建筑界是完全不受重视的。这件事让我感觉到自己撞到了一堵高墙。

竹原　八十年代初那会儿，我认定不到一定的年纪就上不了杂志，所以我设计的住宅也没有上杂志的资本。谁知有一天，《新建筑》编辑部突然联系我，让我"投投看"，于是我拿着照片过去了。那就是一九八三年的"西明石的家"。当时《新建筑》在业界有很大的影响力，上了这本杂志，就感觉自己成了能独当一面的建筑家。

中村　朴素的住宅历经波折终于登上杂志的事情过去后，编辑就开始主动来事务所找我了，有什么要发表的也不用等很久了。我这人不记仇，瞬间觉得报刊界好像也没有那么坏了。（笑）第二次上杂志之后，我产生了这样一个念头——每年设计一栋能满怀自信发表的住宅。要是我能坚持十年，发表十栋这样的住宅，也许世人就能对我追求

＊吉田五十八奖
为纪念建筑家吉田五十八的功绩，于 1976 年设立
的奖项。共举办 18 届，1993 年结束评选。

的住宅有个大概的理解了。说白了就是效仿那些实力派歌手，不冲着唱片大奖去，但每年都会发几首能给人留下一定印象的新曲。（笑）我就这么坚持了好多年，到了第九年，我发表了第九栋和第十栋住宅，那就是"上总之家"的 I 号与 II 号。后来我还凭借包括这两栋住宅在内的"一系列住宅作品"，获得了吉田五十八奖的特别奖。也就是说，事情还真按照我那模模糊糊的设想发展了。

伊礼 刚开设事务所的时候，最让我头疼的是能不能接到工作、能不能养活自己。最要命的是，我最先发表在《新建筑住宅特辑》上的设计完全没有反响。我是一九九六年独立的，二〇〇〇年上的杂志。好在之后上杂志的"屏风屋"反响不错，才让我稍微放心了一点。后来，我设计的九坪之家受到了很多杂志的关注。多亏了客户的预算不充裕，我设计起来比较放松，才收获了这么好的效果。换句话说，就是"用力过猛反而要扑空"。（笑）也许世人的评价跟自己的评价还是有不同之处。

不过九坪之家也成了让我摆脱迷津的一栋住宅。现在回过头来看看，觉得不顺眼的地方还是有的，但它的确是让世人了解我的契机。

曾有一位建筑杂志的编辑在参观完九坪之家后，给出了这样的点评："建筑家设计的小房子难免会有些舍弃生活的成分，但这栋房子里配备了过日子需要的所有东西。除了那些关系到生活本质的，其他多余的表现都被拿掉了，设计得非常精妙。"他的评语让我特别高兴。

大家年轻时都会因为自身的努力和世人的不认可之间的落差而烦恼。所以得到了这样的评价，我就能松一口气，觉得自己能在这个世界上活下去，站稳脚跟。不用绞尽脑汁设计别出心裁的东西，只要踏踏实实设计贴合居住者生活的住宅就行了。

◎ 创作风格的变化与转机

让建筑家摆脱迷津的住宅

中村 我已经不是"十年如一日"了，简直是三十年如一日。(笑) 我没有什么转型期，创作风格也没什么变化，就是个游手好闲、没有跌宕起伏的建筑家。(笑)

伊礼 设计三谷先生的家(吉冈奖获奖作品)那会儿呢?

中村 我觉得我现在还在它的延长线上。拿到吉冈奖，就意味着世上还是有人认可我的，大概能在这行混口饭吃，但我心里还是没什么底，只是希望"事情能朝那个方向发展"。我没有显赫的家世，没有学派关照，也没有什么人脉，又不会出去拉生意，只能无所事事地等客户的信件和电话。好容易接到一份委托，预算又低，地皮又小，还在斜坡上，要求倒是有一大堆，还有爱找茬的邻居……条件恶劣到了极点。但我接触到的客户都是很有魅力的人。"我是一个频频遭遇恶劣条件和好客户的建筑家"是当时常用的自我介绍。(笑)

竹原 我在石井事务所工作的时候负责

了目神山之家 1 (1976 年)，那应该就是我的转机吧。我们选择了一片特别难建的山中陡坡，要在那里建一栋住宅。施工难度非常大。要画好几张截面图，才能把握好地形。山坡上长了很多树，连测量都很困难。我们只能利用平面图、截面图和等高线创造平地，把斜坡削一下，再把房子一点点造起来。山坡上还埋着石块，所以推进施工计划的时候还要绕开石块，情况非常特殊。

中村老师的月屋(第 117 页)难度也很大。在现有建筑物的基础上重新造一栋房子，可不是那么容易的事。设计"建在建筑物上面的建筑"是很难的。能充分利用地形的建筑家凤毛麟角。

目神山之家 1 完成后，我就想，有朝一日一定要超越它。它虽然不是我设计的，但我参与了这个项目，这对我产生了巨大的影响。从那时起，我就开始构思自己的风格。正因为有这栋建筑当我的原点，我现在才能进行各种各样的挑战。

伊礼 的确会有那么一栋对自己意义非凡的房子。我在丸谷博男老师那儿工作了

喜欢的词句是?

中村——
化难为易（井上厦）
半分童心（希望事事如此）

竹原——
潜藏在艺术中的"负"的想象力

伊礼——
养眼练手（宫胁檀）

十一年。在那段时间里，最让我刻骨铭心的就是自己负责的吉井町之家。我在那个项目里做了很多有意思的尝试。丸谷老师也提了很多点子，比如要把 OM 太阳能板和屋顶完全做平啦，要为以后看护老人创造好的条件啦……为了提升房子的采暖效率，我们也在看不见的地方花了很多心思。硅藻土的开发工作也是在建设那栋房子的时候完成的。我们做的都是些朴实无华的小事，但当时的努力都成了我今天的基石。

得到祝福的瞬间

中村 刚才伊礼君说，九坪之家的成功让他有了在这一行走下去的信心。其实我也有过这样一个瞬间——清楚地认识到要在自己选择的住宅设计这条路上走一辈子的瞬间。带给我这种体验的，就是叫"芹泽山庄"的小山庄。

伊礼 就是那栋光线很美的房子对吧? 打造芹泽山庄的技巧也运用在了小月屋里（第 130 页）。

中村 没错，小月屋的幕布顶篷就来源于芹泽山庄。小屋的所在地是陡坡的北侧斜面，完全晒不到太阳，于是我想利用幕布让透过天窗照进来的光扩散开来，使柔和的自然光充满整个空间。首尔东大门市场就挂着这样的幕布，四国金比罗参道每到夏天都摆出可以移动的帐篷，西班牙的马路上也盖着这种幕布。这些风景让我不禁感慨，"用布扩散的光可真美啊"。于是在芹泽山庄，我就以"幕布扩散的光"作为主题。因为山庄很小，用布把天花板都盖起来应该是可行的。

眼看建筑几乎完工了，该装幕布了，谁知客户居然对我说："中村老师，不用拉什么幕布了。"这个山庄的总工程费用才九百万，我们不辞辛劳，把设计费压到最低，就是为了实现这个幕布顶篷啊，事到如今才跟我说"不要幕布了"，这也太过分了吧。（笑）我愣是不肯罢休，对客户说："我实在想拉，您就让我拉吧，我自己掏钱！"

我画了缝纫图纸，请附近的窗帘店把幕布缝好。至于安装，是我的家具工匠朋友、他的徒弟和我一起完成的。我们向建筑公司借了一部能够到挑高天棚的梯子，谁知安装幕布前连下了两天大雨，梯子又是放在户外的，上上下下全是泥。天寒地冻的，我们只能一边往手上哈气，一边用抹布把梯子擦干净，再搬到屋里开工。那个梯子实在是太长了，弄得我们个个跟杂技演员似的，那场面堪比消防局的新年演习。我明明不恐高，可要是从那么高的地方摔下来，肯定是要受伤的，真是吓死人了。（笑）

我们忙了一整个上午。不知不觉中，大雨停了。费尽千辛万苦把幕布都拉好的那一瞬间，阳光照了进来，整间屋子都被温暖柔和的光线包裹住。我们三个人你看看我，我看看你，感动得起了一身的鸡皮疙瘩，一句话都说不出来，眼泪倒是冒出来了，真要命。在那一刻，我感觉自己的辛苦都得到了回报。我当时是真心觉得"我得到了上帝的祝福"，一点都不夸张。我心想，只要能品尝到如此美好的感动，"让我在这行干一辈子都愿意"。

竹原 正因为有这样的感动，我们才放不下建筑家这份工作。

酒水下肚，中村老师和伊礼老师戴起了竹原老师的帽子。

◎ 住宅与富足的关系

精神层面的富足更重要

伊礼 也许是因为主要在东京做项目的关系，我设计了很多小房子。比如总面积只有二十五坪，但要装下一家四口的住宅。反正我觉得，房子的大小跟生活是否富足没什么关系。我经常把天花板做低，但也不觉得天花板高就能和富足画等号。上学的时候，奥村昭雄老师经常教导我们要"认真设计看不到的地方"，只有这样，才能为居住者带来富足与舒适。空气、热、手感……这些东西虽然拍不出来，但都很重要。设计时不充分考虑到这几点，就无法打造出富足的住宅。

竹原 现代人拥有的东西实在太多了，没过多久就腻了，随随便便就能扔掉。住宅也不例外。所谓富足，看的不是当下。比如住宅，我们就得看到十年后，三十年后甚至一百年后。无论过去多少年，你都能喜欢这栋房子，保护好这栋房子，疼爱这栋房子吗？无论从哪个角度看，一栋让人爱不起来的住宅都是可悲的，都不可能富足。

中村 说得太对了。富足不仅仅是物质层面的问题。精神层面的富足其实更重要。那就是一种心满意足的状态。说白了就是要知足，要告诉自己"这样就挺好的"。不要逞强，也不要发怵，脚踏实地过日子，应该就能自然而然养成这样的思维方式和价值观了。说起富足，洛杉矶的小型案例住宅能给我们很多启示。

竹原 我认为我们不应该在建房子这件事里寻求富足，而是应该一边生活在住宅里，一边寻觅真正的富足。精神层面的富足只能通过生活去发现，不能通过建筑凭空创造。而且这种富足只能靠你自己，或是你和家人去发现。

◎ 今后

世界尽在住宅中

中村 我认为住宅建筑家的使命就是不断思考这几个问题：人的生活到底是什么？对人来说，住宅到底是什么？人到底是什么？书里是找不到答案的，我们只能用自己的头脑去思考。只有亲眼观察，发挥想象力，才能模模糊糊地探索出人的住宅与生活的深意，然后再回归原点，进一步思考"人到底是什么"。只要能仔细观察他人，你的想象力就会自然而然地提升。无论如何，我都想把观察这件事做好。我的年纪越来越大了，但还不能在这方面松懈。既然我要把这份工作做下去，既然我还活着，那就要不断地观察，观察到底，我恨不得把它当作自己毕生的事业。

竹原 建筑家的职业生命是很长的，可以一直干到老，永远揣着一颗少年般年轻的心。我也想一直保持这种状态。身体会衰老，但心态可以永远年轻。年纪再大，也能品尝到各种各样的感动，也能有很多要实现的梦想。我在这行已经干了四十年了，却依然有

很多想要尝试的事情。终点还远着呢。这份工作真的能干很久很久。

中村 话虽如此，我们俩已经到了能隐约看见终点的阶段了。（笑）今后我想把工作量降下来。可能的话，只挑"非我不可"的工作。但考虑到事务所的财政状况，就没法这么从容了……

竹原 可不是嘛。最近我感觉为智障人士设计住宅、为小朋友设计托儿所之类的工作变多了，还有面向老年人的设施。下至零岁，上至九十岁，面向各个年龄层的家都有涉猎。在这个过程中，我会就死亡进行一定的思考。无论是孩子、残疾人还是老人，死亡都是不可避免的。能死在自己家里，肯定要比死在疗养设施或医院来得好。那我就会思考，这个"最后的安息之处"应该是什么样的。只有把老年阶段设计好了，才能看清住宅这个"生活的容器"。

当房主走完自己的人生时，这栋房子会如何被下一代人继承呢？这一点也很重要。我希望自己设计的住宅能让房主的子女产生"我好想要那栋房子"的想法。要是真有人

说出了这番话，那我就没有白做这么多年的住宅建筑家。

伊礼 要是能摸索出"只有自己才能做的住宅设计"就好了。为了达到这个目的，我今后也会认真面对自己的内心。

中村 在对谈的最后，我想与大家分享一段林昌二老师著作里的话。林老师不怎么设计住宅，但他创造的建筑里，蕴藏着住宅建筑家的精神，能看出他是一个真正懂得住宅的人。他在书里是这么写的：

"我认为，设计住宅的人必须对生活的细节抱有兴趣，否则就没有丝毫趣味可言了。住宅的有趣之处，就在于恰当地、温和地处理好生活的角角落落，因为世界尽在住宅中。"

伊礼智
竹原义二
中村好文

后记

　　两年前，鹿儿岛建筑公司 VEGA HOUSE 的八幡秀树社长告诉我，他想把论坛的讨论内容（详见"序言"）归纳成书。从那一刻开始，我的思绪就无时无刻不围绕着三位住宅建筑家转。刚参加完论坛的时候，我还胸有成竹，心想："把这些内容归纳成书一定很容易。"可到了要动笔的时候，我卡住了，时而沉思苦想，时而盖上"瓶盖"，让思路自行发酵……却迟迟都没有进展。现在想来，我只有短短十多年的编辑经验，又怎么可能轻而易举地把三位老师多年积淀而成的住宅论与设计论归纳好？

　　就在我瞎磨蹭的时候，中村好文老师雪中送炭，又是提议"我们开个座谈会吧"，又是提议"我们做个参观会吧"。我觉得他应该不是为了帮我而帮我，而是纯粹在享受这次企划和编撰这本书的过程。而企划也的确因为三位老师的聚头迈出了一大步。竹原老师激情昂扬的建筑论把现场的气氛炒得火热。再加上伊礼老师深入浅出的讲解，内容的宽度与深度都有了质的提升。于是采访过后，我的面前堆起了高高的听写稿……

　　之后，我埋头编辑，并与工作繁忙的老师们反复沟通。遣词用句、表现手法就不用说了，连联络方式都是三人三种不同的风格。编辑工作绝对称不上一帆风顺，但现在回过头来，站在住宅图书编辑的角度看，那着实是一段每天都有新收获的时光。在本书中，三位老师都与我们分享了让他们打定主意"要一直把这份工作干下去"的住宅——伊礼老师是九坪之家，竹原老师是目神山之家1，中村老师是芹泽山庄。对我而言，这本书也成了让我打定主意"一直把这份工作干下去"的作品。

　　住宅是许多人共同努力的结果，而书也是如此。构思了企划，牵头举办论坛，并将出书的重任交到我手上的八幡社长；与我一同采访、参加座谈会，将自由奔放的三位老师长达数小时的对话听写成稿的撰稿人杉本薰女士与金田麦子女士；在我对封面设计毫无头绪、一筹莫展的时候，一口答应绘制书名与插图，并在短短三天之后就交出了出色作品的望月通阳先生；还有面对大量的修改要求与无比紧张的日程，却没有皱一下眉头，陪着我共同完成本书的设计师川岛卓也先生……请允许我借此机会，向大家致以由衷的谢意。

　　这三位住宅建筑家中村好文、竹原义二、伊礼智就是如此值得大家喜爱。希望他们各自不同的风格能被更多从事住宅建筑工作的人理解，也希望建设舒心住宅的心愿永远传递下去，直至五年后，十年后……

编辑 木藤阿由子

2016 年 2 月 16 日

图书在版编目（CIP）数据

找到家的好感觉／〔日〕中村好文，〔日〕竹原义二，
〔日〕伊礼智著；曹逸冰译．－－海口：南海出版公司，
2018.2
ISBN 978-7-5442-8144-7

Ⅰ．①找…　Ⅱ．①中…　②竹…　③伊…　④曹…　Ⅲ．
①随笔－作品集－日本－现代　Ⅳ．① I313.65

中国版本图书馆 CIP 数据核字（2017）第 292865 号

著作权合同登记号　图字：30-2017-107
JYUUTAKU KENCHIKUKA SANNIN SANYOU NO RYUUGI
©YOSHIFUMI NAKAMURA&YOSHIJI TAKEHARA&SATOSHI IREI 2016
Originally published in Japan in 2016 by X-Knowledge Co.,Ltd.
Chinese (in simplified character only) translation rights arranged with
X-Knowledge Co.,Ltd.
All rights reserved.

找到家的好感觉
〔日〕中村好文　竹原义二　伊礼智 著
曹逸冰 译

出　　　版　南海出版公司　（0898）66568511
　　　　　　海口市海秀中路 51 号星华大厦五楼　邮编 570206
发　　　行　新经典发行有限公司
　　　　　　电话（010）68423599　邮箱 editor@readinglife.com
经　　　销　新华书店

责任编辑　刘恩凡　翟明明
装帧设计　李照祥
内文制作　王春雪

印　　　刷　北京利丰雅高长城印刷有限公司
开　　　本　787 毫米 ×1092 毫米　1/16
印　　　张　11
字　　　数　140 千
版　　　次　2018 年 2 月第 1 版
印　　　次　2018 年 2 月第 1 次印刷
书　　　号　ISBN 978-7-5442-8144-7
定　　　价　88.00 元